Agota Kristof

Der Beweis

Heike Cordes
April 92

SERIE PIPER
Band 1497

Zu diesem Buch

Lucas lebt allein im Haus seiner Großmutter, dem letzten Haus des Städtchens direkt an der Grenze. Er ist als einziger zurückgeblieben, denn die Großmutter, die Mutter, die kleine Schwester sind tot. Der Vater starb, als er versuchte, über den Todesstreifen zu fliehen. Nur Lucas' Zwillingsbruder war die Flucht gelungen – und Lucas verlor den Spiegel seiner Seele.
Wir verfolgen die Geschichte einer seelischen Auflösung. Agota Kristof gibt nur deren Symptome bekannt: ein verwahrloster Garten, kurze Ohnmachtsanfälle, Erbrechen, die sauer gewordene Ziegenmilch im Spülstein. Die Welt um Lucas, seine Tiere, das behinderte Kind und dessen Mutter, die er bei sich aufnimmt, der Pfarrer, der Buchhändler Victor, schließlich Clara, die Bibliothekarin, die er auf seine besondere, bizarre Weise liebt – nichts vermag die Mauern seines inneren Gefängnisses zu sprengen, und er begeht einen tödlichen Fehler... Doch das Böse, dessen Lucas sich fähig zeigt, ist nichts anderes als die Grimasse seiner rettungslosen Einsamkeit.

Agota Kristof, geboren 1935 in Csikvánd/Ungarn, lebt seit 1956 in der französischen Schweiz. Dort arbeitete sie zunächst in einer Fabrik und erlernte die Sprache ihrer Wahlheimat. Sie schrieb Hörspiele, Stücke und Gedichte in französischer Sprache. »Das große Heft« (SP 779), ihr erster Roman, wurde ein internationaler Erfolg und zum »Livre Européen« erklärt.

Agota Kristof

Der Beweis

Roman

Aus dem Französischen
von Erika Tophoven-Schöningh

Piper
München Zürich

Die Originalausgabe erschien 1988 unter dem Titel »La Preuve« bei Éditions du Seuil, Paris.

Von Agota Kristof liegt in der Serie Piper außerdem vor:
Das große Heft (779)

ISBN 3-492-11497-0
Neuausgabe 1991
2. Auflage, 8.–15. Tausend November 1991
(1. Auflage, 1.–8. Tausend dieser Ausgabe)

Umschlag: Federico Luci,
unter Verwendung des Gemäldes »Cloris«
von Francis Picabia

Photo Umschlagrückseite: Ulf Andersen
Satz: H. Mühlberger, Gersthofen
Druck und Bindung: Clausen & Bosse, Leck
Printed in Germany

I

Wieder am Haus der Großmutter angekommen, legt Lucas sich dicht an den Gartenzaun, in den Schatten der Büsche. Er wartet. Ein Militärfahrzeug hält vor dem Grenzwächterhaus. Soldaten steigen aus und legen eine Leiche auf den Boden, die in eine Tarnplane gewickelt ist. Ein Feldwebel kommt aus dem Haus, und auf ein Zeichen schlagen die Soldaten die Plane zurück. Der Feldwebel pfeift durch die Zähne:
– Rauskriegen, wer das ist, das wird nicht leicht sein! Man muß schon verrückt sein, über diese Scheißgrenze zu wollen, noch dazu am hellichten Tag!
Ein Soldat sagt:
– Die Leute müßten doch wissen, daß es nicht geht.
Ein anderer Soldat sagt:
– Die Leute von hier wissen das. Es sind die andern, die von anderswo herkommen, die's versuchen.

Der Feldwebel sagt:
– Gut, gehen wir mal rüber zu dem Idioten. Der weiß vielleicht was.
Lucas geht ins Haus. Er setzt sich auf die Eckbank in der Küche. Er schneidet Brot, stellt eine Flasche Wein auf den Tisch und dazu einen Ziegenkäse. Es klopft. Der Feldwebel und ein Soldat kommen herein.
Lucas sagt:
– Ich habe Sie erwartet. Setzen Sie sich. Da ist Wein und Käse. Greifen Sie zu.
Der Soldat sagt:
– Gerne.
Er nimmt Brot und Käse. Lucas schenkt Wein ein.
Der Feldwebel fragt:
– Sie haben uns erwartet? Warum?
– Ich habe die Explosion gehört. Nach Explosionen kommt immer einer und fragt, ob ich jemand gesehen habe.
– Und Sie haben niemand gesehen?
– Nein.
– Wie gewöhnlich.
– Ja, wie gewöhnlich. Niemand kommt her und kündet mir an, daß er über die Grenze will.
Der Feldwebel lacht. Auch er nimmt Wein und Käse:
– Könnte ja sein, daß jemand hier rumgestrolcht ist, hier oder im Wald.
– Ich habe niemand gesehen.
– Wenn doch, würden Sie es sagen?
– Wenn ich Ihnen sagte, daß ich es Ihnen sagen würde, würden Sie es nicht glauben.
Der Feldwebel lacht wieder:
– Ich frage mich manchmal, warum man Sie den Idioten nennt.
– Das frage ich mich auch. Ich habe nur eine Nerven-

krankheit von einem psychischen Trauma her, in meiner Kindheit, im Krieg.
Der Soldat fragt:
– Was hat er? Was sagt er da?
Lucas erklärt:
– Mein Kopf ist etwas durcheinander wegen der Bombardierungen. Ich habe das gekriegt, als ich noch klein war.
Der Feldwebel sagt:
– Ihr Käse ist sehr gut. Vielen Dank. Kommen Sie mit.
Lucas folgt ihnen. Der Feldwebel deutet auf die Leiche und fragt:
– Kennen Sie diesen Mann? Haben Sie ihn schon mal gesehen?
Lucas betrachtet den zerfetzten Körper seines Vaters:
– Er ist ganz entstellt.
Der Feldwebel sagt:
– Man kann jemand auch an den Kleidern erkennen oder an den Schuhen, sogar an den Händen oder an seinem Haar.
Lucas sagt:
– Ich sehe nur, daß er nicht aus unserer Stadt ist. Seine Kleidung ist nicht von hier. Kein Mensch in unserer Stadt trägt so elegante Sachen.
Der Feldwebel sagt:
– Vielen Dank. All das wußten wir schon. Wir sind auch keine Idioten. Ich frage Sie nur, ob Sie ihn irgendwo gesehen oder bemerkt haben?
– Nein. Nirgends. Aber ich sehe, daß man ihm die Nägel ausgerissen hat. Er war im Gefängnis.
Der Feldwebel sagt:
– In unseren Gefängnissen wird nicht gefoltert. Komisch ist nur, daß seine Taschen völlig leer sind. Nicht mal ein Photo oder ein Schlüssel oder eine Brieftasche.

Dabei brauchte er doch seinen Ausweis und sogar einen Passierschein, um überhaupt ins Grenzgebiet zu gelangen.
Lucas sagt:
– Er wird seine Papiere im Wald gelassen haben.
– Das glaube ich auch. Man soll nicht rauskriegen, wer er ist. Ich frage mich, wen er wohl dadurch schützen wollte. Wenn Sie zufällig beim Pilzesuchen noch etwas anderes finden sollten, dann bringen Sie's uns doch, nicht wahr, Lucas?
– Verlassen Sie sich drauf, Herr Feldwebel.

Lucas setzt sich auf die Bank im Garten und lehnt seinen Kopf an die weiße Hauswand. Die Sonne blendet ihn. Er schließt die Augen:
Was jetzt?
Weitermachen wie bisher. Weiter morgens aufstehen, abends zu Bett gehen und tun, was man tun muß zum Leben.
Das wird lange dauern.
Vielleicht ein ganzes Leben.
Die Tiere machen Lucas wieder wach. Er steht auf und versorgt sie. Er füttert die Schweine, die Hühner und die Kaninchen. Er holt die Ziegen vom Bach und melkt sie. Er bringt die Milch in die Küche. Er setzt sich auf die Eckbank und bleibt dort sitzen, bis es dunkel wird. Dann steht er auf, geht aus dem Haus und gießt den Garten. Es ist Vollmond. Wieder in der Küche, ißt er etwas Käse und trinkt Wein. Er beugt sich aus dem Fenster und erbricht sich. Er räumt den Tisch ab. Er geht ins Zimmer der Großmutter und öffnet das Fenster zum Lüften. Er setzt sich vor die Frisierkommode und betrachtet sich im Spiegel. Später öffnet er die Tür zu

seinem Zimmer. Er betrachtet das Doppelbett. Er macht die Tür wieder zu und geht in die Stadt.

Die Straßen sind leer. Lucas geht schnell. Er bleibt vor einem erleuchteten offenen Fenster stehen. Es ist ein Küchenfenster. Er sieht eine Familie beim Abendessen. Eine Mutter und drei Kinder um einen Tisch. Zwei Jungen und ein Mädchen. Sie essen Kartoffelsuppe. Der Vater ist nicht dabei. Er ist vielleicht noch nicht von der Arbeit zurück oder im Gefängnis oder in einem Lager. Oder er ist aus dem Krieg nicht mehr heimgekehrt.

Lucas geht an den lauten Kneipen vorbei, in denen er noch vor kurzem bisweilen Mundharmonika spielte. Er geht nicht hinein, sondern setzt seinen Weg fort. Er streift zunächst durch die unbeleuchteten kleinen Straßen ums Schloß und biegt dann in die düstere Gasse ein, die zum Friedhof führt. Am Grab seines Großvaters und seiner Großmutter bleibt er stehen.

Großmutter ist vor einem Jahr an einem zweiten Schlaganfall gestorben.

Großvater ist schon lange tot. Die Leute in der Stadt munkelten, seine Frau hätte ihn vergiftet.

Lucas' Vater ist heute gestorben, als er versuchte, über die Grenze zu gehen, und Lucas wird nie erfahren, wo er begraben liegt.

Lucas geht nach Hause. Er klettert an einem Seil in die Dachkammer hinauf. Dort sind ein Strohsack, eine alte Militärdecke und eine Truhe. Lucas öffnet die Truhe, nimmt ein großes Schulheft heraus und schreibt ein paar Sätze hinein. Er schließt das Heft wieder und legt sich auf den Strohsack.

Über ihm, vom Mondlicht beschienen, das durch die Dachluke fällt, baumeln an einem Balken die Skelette der Mutter und des Babys.

Lucas' Mutter und seine kleine Schwester sind vor fünf Jahren umgekommen durch eine Granate, ein paar Tage vor Kriegsende, hier im Garten von Großmutters Haus.

Lucas sitzt auf der Bank im Garten. Er hat die Augen geschlossen. Ein Karren, mit einem Pferd davor, hält vorm Haus. Von dem Geräusch wird Lucas wach. Joseph, der Gemüsebauer, kommt in den Garten. Lucas sieht ihn an:
– Was wollen Sie, Joseph?
– Was ich will? Heute war Markt. Ich habe bis sieben Uhr auf Sie gewartet.
Lucas sagt:
– Verzeihen Sie, Joseph. Ich habe vergessen, was für ein Tag heute ist. Meinetwegen können wir das Gemüse schnell aufladen.
– Soll das ein Witz sein? Es ist zwei Uhr nachmittags. Ich bin nicht gekommen, um aufzuladen, sondern um Sie zu fragen, ob ich Ihre Ware überhaupt noch verkaufen soll. Wenn nicht, dann müssen Sie es mir sagen. Mir ist es egal. Ich tue es nur Ihnen zuliebe.
– Aber sicher, Joseph. Ich hatte nur vergessen, daß heute Markt ist.
– Nicht nur heute haben Sie das vergessen. Schon vorige Woche haben Sie es vergessen und die Woche davor.
Lucas sagt:
– Drei Wochen? Das war mir gar nicht bewußt.
Joseph schüttelt den Kopf:
– Da stimmt was nicht bei Ihnen. Was haben Sie mit Ihrem Gemüse und Ihrem Obst gemacht seit drei Wochen?
– Nichts. Aber ich habe den Garten jeden Tag gegossen, glaube ich.

– Das glauben Sie? Da wollen wir mal nachsehen.
Joseph geht hinters Haus, in den Gemüsegarten. Lucas geht mit. Der Gemüsebauer beugt sich über die Beete und flucht:
– Allmächtiger! Sie haben ja alles verkommen lassen! Da, die Tomaten auf der Erde, die Bohnen viel zu dick, die Gurken gelb und die Erdbeeren schwarz! Sind Sie verrückt geworden? Die gute Ware so verkommen zu lassen! Man sollte Sie aufhängen oder an die Wand stellen dafür. Mit Ihren Erbsen ist es für dieses Jahr aus und vorbei, mit den Aprikosen genauso. Die Äpfel und Pflaumen sind noch zu retten. Holen Sie mal einen Eimer!
Lucas bringt ihm einen Eimer, und Joseph macht sich daran, die Äpfel und Pflaumen, die im Gras liegen, aufzusammeln. Er sagt zu Lucas:
– Nehmen Sie einen andern Eimer, und sammeln Sie alles auf, was verfault ist. Vielleicht fressen Ihre Schweine das noch. Himmel! Ihre Tiere!
Joseph stürzt in den Hühnerhof, Lucas hinterher. Joseph sagt, während er sich die Stirn wischt:
– Gottlob, sie sind nicht krepiert. Geben Sie mir mal eine Mistgabel, damit ich etwas saubermachen kann. Wahrhaftig ein Wunder, daß Sie nicht vergessen haben, Ihre Tiere zu füttern!
– Die kann man nicht vergessen! Sie melden sich, sobald sie Hunger haben.
Joseph arbeitet stundenlang, Lucas hilft ihm, läßt sich von ihm kommandieren.
Als es dunkel wird, gehen sie in die Küche.
Joseph sagt:
– Pfui Teufel! So was habe ich noch nie gerochen. Was stinkt hier so?
Er schaut sich um und erblickt eine große Schüssel mit Ziegenmilch.

– Die Milch ist sauer geworden. Weg damit! Kippen Sie sie in den Bach.
Lucas gehorcht. Als er zurückkommt, hat Joseph bereits die Küche gelüftet und die Fliesen gewischt. Lucas steigt hinunter in den Keller und kommt mit einer Flasche Wein und Speck wieder herauf.
Joseph sagt:
– Dazu braucht man Brot.
– Ich habe keins.
Joseph steht wortlos auf und holt einen Laib Brot aus seinem Karren.
– Da haben wir welches. Ich habe es nach dem Markt gekauft. Zu Hause backen wir keins mehr.
Joseph ißt und trinkt. Er fragt:
– Sie trinken ja gar nicht. Und essen tun Sie auch nicht. Was ist los, Lucas?
– Ich bin müde. Ich kann nicht essen.
– Sie sind blaß unter Ihrer Bräune im Gesicht und nur noch Haut und Knochen.
– Das macht nichts. Das geht vorbei.
Joseph sagt:
– Dachte ich mir doch, daß da etwas nicht ganz richtig ist in Ihrem Kopf. Da steckt bestimmt ein Mädchen dahinter.
– Nein, kein Mädchen.
Joseph mit einem Zwinkern:
– Ich kenne doch die Jugend. Aber es täte mir leid, wenn ein so hübscher Kerl wie Sie sich gehen ließe wegen eines Mädchens.
Lucas sagt:
– Es ist nicht wegen eines Mädchens.
– Wegen was dann?
– Ich weiß es nicht.
– Sie wissen es nicht? Dann brauchen Sie einen Arzt.

– Machen Sie sich um mich keine Sorgen, Joseph, es geht schon.
– Es geht schon, es geht schon. Er läßt seinen Garten verkommen, die Milch sauer werden, er ißt nicht, er trinkt nicht, und er glaubt, das könnte so weitergehen.
Lucas antwortet nicht.
Beim Weggehen sagt Joseph:
– Hören Sie, Lucas. Damit Sie nicht wieder vergessen, wann Markt ist, werde ich an den Tagen eine Stunde früher aufstehen und Sie wecken. Dann laden wir zusammen das Gemüse auf und das Obst und die Tiere, die verkauft werden sollen. Recht so?
– Ja, vielen Dank, Joseph.
Lucas gibt Joseph noch eine Flasche Wein und begleitet ihn zum Karren.
Joseph ruft, während er sein Pferd mit der Peitsche antreibt:
– Vorsicht, Lucas, Vorsicht! Liebe kann tödlich sein!

Lucas sitzt auf der Gartenbank. Er hat die Augen geschlossen. Als er sie wieder aufmacht, sieht er ein kleines Mädchen, das auf einem Ast des Kirschbaums hin- und herschaukelt.
Lucas fragt:
– Was tust du hier? Wer bist du?
Das kleine Mädchen springt herunter, es spielt mit den rosa Schleifen an seinen Zopfenden:
– Tante Leonie läßt sagen, Sie möchten zum Herrn Pfarrer gehen. Er ist ganz allein, weil Tante Leonie nicht mehr arbeiten kann, sie liegt zu Hause, sie steht nicht mehr auf, sie ist zu alt.
Meine Mutter hat keine Zeit, zum Herrn Pfarrer zu gehen, weil sie in der Fabrik arbeitet, und mein Vater auch.

Lucas sagt:
– Ich verstehe. Wie alt bist du?
– Ich weiß nicht genau. Das letzte Mal, als ich Geburtstag hatte, war ich fünf, aber das war im Winter. Und jetzt ist schon Herbst, und ich könnte in die Schule, wenn ich nicht zu spät geboren wäre.
– Es ist schon Herbst!
Das kleine Mädchen lacht:
– Wußten Sie das nicht? Seit zwei Tagen ist Herbst, auch wenn man glaubt, es ist Sommer, weil es noch warm ist.
– Du weißt ja allerhand!
– Ja. Ich habe einen großen Bruder, der bringt mir alles bei. Er heißt Simon.
– Und du? Wie heißt du?
– Agnes.
– Das ist ein schöner Name.
– Lucas auch. Ich weiß, daß Sie Lucas sind, denn meine Tante hat gesagt: »Hol Lucas, der wohnt im letzten Haus, gegenüber von den Grenzsoldaten.«
– Haben die Posten dich denn nicht festgenommen?
– Die haben mich nicht gesehen. Ich bin hintenrum gegangen.
Lucas sagt:
– So eine kleine Schwester wie dich möchte ich auch haben.
– Hast du keine?
– Nein. Wenn ich eine hätte, würde ich ihr eine Schaukel machen. Soll ich dir eine Schaukel machen?
Agnes sagt:
– Ich habe eine zu Hause. Aber ich schaukle lieber auf was anderm. Das macht mehr Spaß.
Sie springt in die Luft, schnappt sich den großen Ast des Kirschbaums und schaukelt lachend daran hin und her.

Lucas fragt:
– Bist du nie traurig?
– Nein, weil ich mich immer mit etwas tröste.
Sie springt wieder herunter:
– Sie müssen schnell zum Herrn Pfarrer gehen. Meine Tante hat es mir schon gestern und vorgestern und vorvorgestern gesagt, aber ich habe es immer wieder vergessen. Ich kriege bestimmt Schimpfe.
Lucas sagt:
– Keine Angst, ich gehe heute abend hin.
– Gut, dann gehe ich heim.
– Bleib noch ein Weilchen. Willst du Musik hören?
– Was für Musik?
– Du wirst schon sehen. Komm mit.
Lucas nimmt das kleine Mädchen auf den Arm, geht mit ihm in sein Zimmer, setzt es auf das große Bett und legt eine Platte auf das alte Grammophon. Er hockt sich auf den Boden, legt den Kopf auf die Arme und hört zu.
Agnes fragt:
– Weinst du?
Lucas schüttelt den Kopf.
Sie sagt:
– Ich habe Angst. Ich mag die Musik nicht.
Lucas ergreift ein Bein des kleinen Mädchens und drückt es fest. Das Mädchen schreit:
– Du tust mir weh! Laß mich los!
Lucas lockert den Griff.
Als die Platte abgelaufen ist, steht er auf und dreht sie um. Das kleine Mädchen ist verschwunden. Lucas hört Schallplatten, bis die Sonne untergegangen ist.

Am Abend macht Lucas einen Korb mit Gemüse, Kartoffeln, Eiern und Käse zurecht. Er schlachtet ein Huhn,

nimmt es aus und packt auch Milch und eine Flasche Wein in den Korb.
Er klingelt an der Pfarrei, keiner kommt und macht auf. Er geht durch die offene Hintertür hinein und stellt seinen Korb in die Küche. Er klopft an die Schlafzimmertür und tritt ein.
Der Pfarrer, ein hagerer alter Mann, sitzt an seinem Schreibtisch. Im Licht einer Kerze spielt er Schach, allein.
Lucas zieht einen Stuhl an den Schreibtisch heran, setzt sich dem alten Mann gegenüber und sagt:
– Entschuldigen Sie, Herr Pfarrer.
Der Pfarrer sagt:
– Ich zahle Ihnen nach und nach zurück, was ich Ihnen schulde, Lucas.
Lucas fragt:
– Bin ich schon lange nicht mehr hier gewesen?
– Seit Anfang des Sommers. Wissen Sie das nicht mehr?
– Nein. Wer hat Sie unterdessen versorgt?
– Leonie hat mir jeden Tag etwas Suppe gebracht. Aber seit ein paar Tagen ist sie krank.
Lucas sagt:
– Bitte verzeihen Sie mir, Herr Pfarrer.
– Verzeihen? Ich habe Sie seit vielen Monaten nicht bezahlt. Ich habe kein Geld mehr. Staat und Kirche sind getrennt, ich werde für meine Arbeit nicht mehr entlohnt. Ich muß von dem leben, was die Gläubigen mir geben. Aber die Leute glauben, es könnte ihnen schaden, in die Kirche zu gehen. Nur ein paar alte Frauen kommen zum Gottesdienst.
Lucas sagt:
– Wenn ich nicht gekommen bin, dann nicht wegen des Geldes, das Sie mir schulden. Es ist schlimmer.

– Wieso schlimmer?
Lucas senkt den Kopf:
– Ich hatte Sie ganz und gar vergessen. Ich hatte auch meinen Garten vergessen und den Markt, die Milch und den Käse. Ich hatte sogar vergessen zu essen. Monatelang habe ich in der Dachkammer geschlafen, ich hatte Angst, in mein Schlafzimmer zu gehen. Es mußte erst ein kleines Mädchen, die Nichte von Leonie, kommen, damit ich den Mut hatte, wieder hineinzugehen. Sie hat mich auch an meine Pflichten Ihnen gegenüber erinnert.
– Sie haben mir gegenüber keinerlei Pflichten. Sie verkaufen Ihre Ware und leben davon. Wenn ich Sie nicht mehr bezahlen kann, ist es normal, daß Sie mir nichts mehr liefern.
– Ich sage Ihnen noch mal, es ist nicht wegen des Geldes. Verstehen Sie mich recht.
– Das müssen Sie mir erklären. Ich höre.
– Ich weiß nicht, wie ich weiterleben soll.
Der Pfarrer steht auf und nimmt Lucas' Gesicht in seine Hände:
– Was ist mit Ihnen geschehen, mein Kind?
Lucas schüttelt den Kopf:
– Ich kann Ihnen nicht mehr sagen. Es ist wie eine Krankheit.
– Ich sehe schon. Eine Art Seelenkrankheit. Weil Sie noch so jung sind und vielleicht auch zuviel allein.
Lucas sagt:
– Mag sein. Ich koche etwas, und wir essen zusammen. Ich habe selbst lange nichts mehr gegessen. Wenn ich etwas esse, muß ich mich erbrechen. Mit Ihnen zusammen ginge es vielleicht.
Er geht in die Küche, macht Feuer und stellt das Huhn mit dem Gemüse auf.

Er deckt den Tisch und öffnet eine Flasche Wein.
Der Pfarrer kommt in die Küche:
– Ich sage es noch mal, Lucas, ich kann Sie nicht bezahlen.
– Sie müssen doch etwas essen.
– Ja, aber ich brauche kein Festmahl. Etwas Kartoffeln oder Mais würden mir genügen.
Lucas sagt:
– Sie werden essen, was ich Ihnen bringe, und wir reden nicht mehr von Geld.
– Das kann ich nicht annehmen.
– Es ist leichter zu geben als zu nehmen, nicht wahr? Stolz ist eine Sünde, Herr Pfarrer.
Sie essen schweigend. Sie trinken Wein. Lucas muß sich nicht erbrechen. Nach dem Essen spült er das Geschirr. Der Pfarrer geht wieder in sein Zimmer. Lucas kommt zu ihm:
– Ich muß jetzt gehen.
– Wohin gehen Sie?
– Ich laufe in den Straßen herum.
– Ich könnte Ihnen das Schachspiel beibringen.
Lucas sagt:
– Ich glaube nicht, daß ich mich dafür interessieren könnte. Es ist ein kompliziertes Spiel, das viel Konzentration verlangt.
– Versuchen wir's mal.
Der Pfarrer erklärt das Spiel. Sie spielen eine Partie. Lucas gewinnt.
Der Pfarrer fragt:
– Woher können Sie Schach?
– Aus Büchern. Aber es ist das erste Mal, daß ich richtig spiele.
– Kommen Sie wieder zum Spielen?
Lucas kommt jeden Abend. Der Herr Pfarrer macht

Fortschritte, die Partien werden interessant, obwohl immer Lucas gewinnt.

Lucas schläft wieder in seinem Zimmer in dem großen Bett. Er vergißt nicht mehr, wann Markt ist, er läßt die Milch nicht mehr sauer werden. Er kümmert sich um die Tiere, den Garten, den Haushalt. Er geht wieder in den Wald, um Pilze zu sammeln und trockenes Holz. Er geht auch wieder zum Fischen.

Als Kind fing Lucas die Fische mit der Hand oder mit der Angel. Jetzt denkt er sich ein Verfahren aus, wonach die Fische aus dem Fluß in ein Becken geleitet werden, aus dem sie nicht mehr heraus können. Lucas braucht sie nur mit einem Netz herauszuholen, wenn er frischen Fisch haben will.

Abends ißt Lucas mit dem Herrn Pfarrer, spielt ein oder zwei Partien Schach und wandert dann wieder durch die Straßen der Stadt.

Eines Abends kehrt er in der ersten Kneipe ein, an der er vorbeikommt. Früher war es ein gut geführtes Café, sogar im Krieg. Jetzt ist es ziemlich finster dort und beinahe leer.

Die Kellnerin, eine häßliche, verhärmte Person, ruft von der Theke herüber:

– Wieviel?

– Einen Halben.

Lucas setzt sich an einen Tisch voller Rotweinflecken und Zigarettenasche. Die Kellnerin bringt ihm einen halben Liter Landwein. Sie kassiert sofort.

Als er seinen halben Liter getrunken hat, steht er auf und geht wieder. Er wandert weiter, bis zum Hauptplatz. An der Buch- und Schreibwarenhandlung bleibt er stehen und betrachtet lange das Schaufenster: Schul-

hefte, Bleistifte, Radiergummis und ein paar Bücher. Lucas geht in die Kneipe gegenüber.
Hier ist etwas mehr Betrieb, aber es ist noch schmutziger als in der andern. Der Fußboden ist mit Sägemehl bestreut.
Lucas setzt sich nahe an die offene Tür, denn es gibt keine andere Lüftung im Lokal.
Ein paar Grenzsoldaten sitzen an einem langen Tisch. Sie haben Mädchen bei sich. Sie singen.
Ein kleiner, abgerissener alter Mann setzt sich zu Lucas an den Tisch:
– Na, spielst du was?
Lucas ruft:
– Einen Halben mit zwei Gläsern!
Der kleine Alte sagt:
– Du solltest mir kein Glas spendieren, du solltest nur spielen. Wie früher.
– Ich kann nicht mehr spielen wie früher.
– Ich versteh' dich. Aber spiel trotzdem. Ich würde mich freuen.
Lucas schenkt den Wein ein:
– Trink.
Er holt seine Mundharmonika aus der Tasche und fängt an, ein trauriges Lied zu spielen, ein Lied von Liebe und Auseinandergehn.
Die Grenzsoldaten und die Mädchen stimmen mit ein.
Eines der Mädchen setzt sich neben Lucas und streicht ihm übers Haar:
– Seht mal, wie süß der ist.
Lucas hört auf zu spielen und steht auf.
Das Mädchen lacht:
– Ist der aber scheu!
Draußen regnet es. Lucas geht in eine dritte Kneipe und verlangt noch mal einen halben Liter. Als er anfängt zu

spielen, wenden sich die Gesichter ihm zu, senken sich dann aber wieder über die Gläser. Die Leute hier trinken, aber reden nicht miteinander.
Plötzlich pflanzt sich ein großer, kräftiger Mann, der nur noch ein Bein hat, mitten im Saal auf, genau unter der einzigen Glühbirne, und fängt an, auf seine Krücken gestützt, ein verbotenes Lied zu singen.
Lucas begleitet ihn auf der Mundharmonika.
Die andern Gäste trinken rasch ihr Glas leer und verlassen einer nach dem andern die Kneipe.
Die Tränen laufen dem Mann übers Gesicht, als er die beiden letzten Verse singt:

»Dieses Volk hat schon gesühnt
was geschehen ist und was kommen wird.«

Am nächsten Tag geht Lucas in die Buch- und Schreibwarenhandlung. Er sucht sich drei Bleistifte aus, ein Paket kariertes Papier und ein dickes Heft. Als er zur Kasse kommt, sagt der Buchhändler, ein dicker, blasser Mann, zu ihm:
– Ich habe Sie lange nicht gesehen. Waren Sie fort?
– Nein, ich hatte nur zuviel zu tun.
– Ihr Papierverbrauch ist beachtlich. Ich frage mich manchmal, was Sie damit machen.
Lucas sagt:
– Ich schreibe gern weiße Blätter voll mit einem Bleistift. Nur so zum Zeitvertreib.
– Das müssen ja Berge sein mit der Zeit.
– Ich vergeude viel. Die mißratenen Seiten nehme ich zum Feueranmachen.
Der Buchhändler sagt:
– Leider hab' ich sonst keine so schreibbesessenen Kunden wie Sie. Der Laden läuft nicht mehr. Vorm Krieg

ging's. Da gab es hier viele Schulen. Oberschulen, Internate, Kollegien. Die Studenten bummelten abends durch die Straßen und amüsierten sich. Es gab auch ein Konservatorium hier und jede Woche Konzerte und Theateraufführungen. Sehen Sie sich jetzt mal die Straße an. Nur Kinder und alte Leute. Ein paar Arbeiter, ein paar Weinbauern. Keine Jugend mehr in der Stadt. Die Schulen sind alle ins Innere des Landes verlegt worden, außer der Grundschule. Die jungen Leute, sogar die, die nicht studieren, gehen woanders hin, in Städte, wo mehr los ist. Unsere Stadt ist eine tote Stadt. Grenzgebiet, abgesperrt, vergessen. Man kennt jeden, der hier wohnt, vom Sehen. Es sind immer dieselben Gesichter. Kein Fremder kommt hier rein.

Lucas sagt:

– Es gibt Grenzsoldaten. Die sind jung.

– Ja, die Ärmsten. Eingesperrt in Kasernen und nachts patroullieren. Und alle sechs Monate werden sie abgelöst, damit sie nicht mit der Bevölkerung warm werden. Diese Stadt hat zehntausend Einwohner, dazu dreitausend ausländische Soldaten und zweitausend eigene Grenzsoldaten. Vorm Krieg hatten wir fünftausend Studenten und im Sommer Touristen. Die Touristen kamen aus dem Landesinnern, aber auch von der andern Seite der Grenze.

Lucas fragt:

– War die Grenze offen?

– Ja, freilich. Die Bauern von drüben verkauften ihre Ware hier, und die Studenten gingen zu den Dorffesten auf die andere Seite. Auch der Zug fuhr weiter bis zur nächsten großen Stadt im andern Land. Jetzt ist unsere Stadt die Endstation. Alles aussteigen! Und Papiere vorzeigen!

Lucas fragt:

– Konnte man ungehindert hinüber und wieder zurück? Konnte man denn ins Ausland reisen?

– Ja, freilich. Sie haben so was nie kennengelernt. Jetzt kann man keinen einzigen Schritt tun, ohne nach seinem Ausweis gefragt zu werden. Und einer Sondererlaubnis für das Grenzgebiet.
– Und wenn man keine Papiere hat?
– Es ist besser, welche zu haben.
– Ich habe keine.
– Wie alt sind Sie?
– Fünfzehn.
– Dann müßten Sie welche haben. Sogar die Kinder haben einen von ihrer Schule ausgestellten Ausweis. Wie machen Sie das, wenn Sie die Stadt verlassen und wieder hierher zurückkommen?
– Ich verlasse die Stadt nie.
– Nie? Sie fahren nicht mal in die nächste Stadt, wenn Sie etwas kaufen wollen, was es hier nicht gibt?
– Nein. Ich habe die Stadt nie verlassen, seitdem meine Mutter mich vor sechs Jahren hierher gebracht hat.
Der Buchhändler sagt:
– Wenn Sie keine Scherereien haben wollen, beschaffen Sie sich besser einen Ausweis. Gehen Sie zum Bürgermeisteramt und erklären Sie dort Ihren Fall. Wenn man Ihnen Schwierigkeiten macht, fragen Sie nach Peter N. Sagen Sie ihm, daß Victor Sie schickt. Peter kommt aus derselben Stadt wie ich. Aus dem Norden. Er hat einen wichtigen Posten in der Partei.
Lucas sagt:
– Das ist nett von Ihnen. Aber warum sollte ich Schwierigkeiten haben, einen Ausweis zu bekommen?
– Das weiß man nie.

Lucas geht in ein großes Gebäude nahe beim Schloß. Fahnen flattern an der Fassade. Auf vielen schwarzen

Tafeln stehen mit goldenen Buchstaben die Namen der Büros:
»Politbüro der revolutionären Partei«, »Sekretariat der revolutionären Partei«, »Verband der revolutionären Jugend«, »Verband der revolutionären Frauen«, »Föderation der revolutionären Syndikate«.
Auf der anderen Seite der Tür eine einfache graue Tafel mit roten Buchstaben: »Gemeindeangelegenheiten erste Etage.«
Lucas steigt eine Etage hinauf und klopft an eine Milchglasscheibe, über der »Personalausweise« geschrieben steht.
Ein Mann in grauem Kittel öffnet das Schiebefenster und sieht Lucas wortlos an.
Lucas sagt:
– Guten Tag. Ich hätte gern einen Personalausweis.
– Eine Verlängerung, meinen Sie wohl. Ist Ihrer abgelaufen?
– Nein, ich habe keinen. Ich habe nie einen gehabt. Man hat mir gesagt, daß ich einen haben müßte.
Der Beamte fragt:
– Wie alt sind Sie?
– Fünfzehn.
– Dann müßten Sie tatsächlich einen haben. Zeigen Sie mir mal Ihren Schülerausweis.
Lucas sagt:
– Ich habe keinen. Ich habe überhaupt keinen Ausweis.
Der Beamte fragt:
– Das ist doch nicht möglich. Wenn Sie noch nicht fertig sind mit der Grundschule, dann haben Sie Ihren Schülerausweis. Wenn Sie Student sind, haben Sie Ihren Studentenausweis. Wenn Sie Lehrling sind, haben Sie Ihren Lehrlingsausweis.
Lucas sagt:

– Es tut mir leid. Ich habe weder das eine noch das andere. Ich bin nie zur Schule gegangen.
– Wieso denn das? Bis zum vierzehnten Lebensjahr ist der Schulbesuch Pflicht.
– Ich war befreit wegen eines Traumas.
– Und jetzt? Was machen Sie jetzt?
– Ich lebe von dem, was in meinem Garten wächst. Und abends spiele ich auch in den Kneipen.
Der Beamte sagt:
– Ah, Sie sind das. Lucas T., heißen Sie nicht so?
– Ja.
– Bei wem wohnen Sie?
– Ich wohne im Haus meiner Großmutter, an der Grenze. Ich lebe allein. Großmutter ist voriges Jahr gestorben.
Der Beamte kratzt sich den Kopf:
– Hören Sie, Ihr Fall ist eine Ausnahme. Da muß ich erst nachfragen. Das kann ich nicht allein entscheiden. Kommen Sie in ein paar Tagen wieder.
Lucas sagt:
– Vielleicht könnte Peter N. das in Ordnung bringen.
– Peter N.? Der Parteisekretär? Kennen Sie den?
Er greift zum Telefon.
Lucas sagt zu ihm:
– Ich komme auf Empfehlung von Herrn Victor.
Der Beamte hängt wieder ein und geht aus dem Büro:
– Kommen Sie. Wir gehen eine Etage tiefer.
Er klopft an die Tür, an der geschrieben steht: »Sekretariat der revolutionären Partei.« Sie gehen hinein. Ein junger Mann sitzt hinter dem Schreibtisch. Der Beamte reicht ihm einen leeren Ausweis:
– Es ist wegen eines Personalausweises.
– Ich kümmere mich drum. Sie können gehen.
Der Beamte verläßt wieder den Raum.

Der junge Mann steht auf und streckt Lucas die Hand entgegen:
– Tag, Lucas.
– Kennen Sie mich?
– Jeder kennt Sie in der Stadt. Ich freue mich, daß ich Ihnen behilflich sein kann. Füllen wir mal Ihre Karte aus. Name, Vorname, Adresse, Geburtsdatum. Sie sind erst fünfzehn? Sie sind sehr groß für Ihr Alter. Beruf? Ich schreibe »Musiker«.
Lucas sagt:
– Ich lebe auch von dem, was mein Garten bringt.
– Dann schreiben wir »Gärtner«, das klingt besser. Also: braunes Haar, graue Augen. Parteizugehörigkeit?
Lucas sagt:
– Streichen Sie das.
– Ja, und hier, was soll ich hier hineinschreiben »Gutachten der Behörden«?
– »Schwachsinnig«, wenn das geht. Ich hatte ein Trauma, ich bin nicht ganz normal.
Der junge Mann lacht:
– Nicht ganz normal? Wer wird das glauben? Aber Sie haben recht. Solch eine Beurteilung kann Ihnen viel Scherereien ersparen. Den Militärdienst zum Beispiel. Ich schreibe also: »Chronische psychische Störungen«. Recht so?
Lucas sagt:
– Ja, Herr Beamter. Danke, Herr Beamter.
– Nennen Sie mich Peter.
Lucas sagt:
– Danke, Peter.
Peter tritt zu Lucas und reicht ihm seinen Ausweis. Mit der andern Hand streicht er ihm sanft übers Gesicht. Lucas schließt die Augen. Peter küßt ihn lange auf den Mund, Lucas' Kopf in seinen beiden Händen. Er schaut

Lucas' Gesicht noch einen Augenblick an, dann setzt er sich wieder an seinen Schreibtisch:
– Entschuldigen Sie, Lucas, Ihre Schönheit hat mich verwirrt. Ich muß sehr aufpassen. So was ist in der Partei unverzeihlich.
Lucas sagt:
– Es wird niemand erfahren.
Peter sagt:
– Solch ein Laster läßt sich nicht ein Leben lang verbergen. Ich werde nicht lange auf diesem Posten bleiben. Ich bin nur hier, weil ich desertiert bin. Ich habe mich ergeben und bin mit der siegreichen Armee unserer Befreier zurückgekehrt. Ich war noch Student, als man mich in den Krieg geschickt hat.
Lucas sagt:
– Sie sollten heiraten oder zumindest eine Freundin haben, um keinen Verdacht zu wecken. Es wäre leicht für Sie, eine Frau zu verführen. Sie sind schön, männlich. Und Sie sind traurig. Die Frauen lieben traurige Männer. Außerdem haben Sie eine gute Position.
Peter lacht:
– Ich habe nicht die geringste Lust, eine Frau zu verführen.
Lucas sagt:
– Und doch gibt es vielleicht Frauen, die man lieben kann in gewisser Weise.
– Sie kennen sich gut aus für Ihr Alter, Lucas!
– Ich kenne mich nicht aus, ich denke mir das nur.
Peter sagt:
– Wenn Sie irgendwas brauchen sollten, kommen Sie zu mir.

2

Es ist der letzte Tag des Jahres. Eine große Kälte von Norden her hat die Erde zum Erstarren gebracht.
Lucas geht zum Bach hinunter. Er wird dem Herrn Pfarrer Fisch bringen für das Silvestermahl.
Es ist schon dunkel. Lucas hat eine Sturmlaterne und eine Hacke mitgenommen. Er beginnt, die Eisschicht auf dem Bassin zu zerschlagen, als er ein Kind weinen hört. Er leuchtet mit seiner Laterne dahin, woher das Weinen kommt.
Eine Frau sitzt auf der kleinen Brücke, die Lucas vor vielen Jahren gebaut hat. Sie ist in eine Decke gehüllt, und sie blickt hinunter auf den Bach, auf dem Schnee- und Eisschollen treiben. Unter der Decke weint ein kleines Kind.
Lucas geht näher heran und fragt die Frau:
– Wer bist du? Was machst du hier?

Sie gibt keine Antwort. Ihre großen schwarzen Augen blicken starr auf das Laternenlicht.
Lucas sagt:
– Komm mit.
– Er legt seinen rechten Arm um sie und führt sie, den Weg beleuchtend, zum Haus. Das Kind weint immer noch.
In der Küche ist es warm. Die Frau setzt sich, macht ihre Brust frei und gibt dem Kind zu trinken.
Lucas wendet sich ab und stellt den Rest einer Gemüsesuppe aufs Feuer.
Das Kind schläft auf dem Schoß seiner Mutter. Die Mutter schaut Lucas an:
– Ich wollte es ertränken, aber ich konnte nicht.
Lucas fragt:
– Soll ich es tun?
– Könntest du das?
– Ich habe Mäuse ertränkt, Katzen, kleine Hunde.
– Ein Kind ist nicht dasselbe.
– Soll ich es ertränken oder nicht?
– Nein, jetzt nicht mehr. Jetzt ist es zu spät.
Nach kurzem Schweigen sagt Lucas:
– Hier ist ein leeres Zimmer. Da kannst du schlafen mit deinem Kind.
Sie blickt mit ihren schwarzen Augen zu Lucas auf:
– Danke. Ich heiße Yasmine.
Lucas macht die Tür zum Schlafzimmer der Großmutter auf:
– Leg dein Kind aufs Bett. Die Tür bleibt offen, damit das Zimmer warm wird. Wenn du gegessen hast, gehst du wieder hin und schläfst neben ihm.
Yasmine legt ihr Kind auf das Bett der Großmutter und kommt wieder in die Küche.
Lucas fragt:

– Hast du Hunger?
– Ich habe seit gestern abend nichts mehr gegessen.
Lucas gießt die Suppe in ein Schüsselchen:
– Iß und geh schlafen. Wir reden morgen weiter. Ich muß jetzt weg.
Er geht wieder zum Bassin, fischt mit dem Netz zwei Fische heraus und macht sich auf den Weg zur Pfarrei. Er bereitet wie gewöhnlich die Mahlzeit, er ißt mit dem Pfarrer, und sie spielen eine Partie Schach. Lucas verliert zum ersten Mal.
Der Herr Pfarrer ist verärgert:
– Sie sind nicht bei der Sache heute abend, Lucas. Sie machen grobe Fehler. Spielen wir noch mal, aber jetzt aufgepaßt.
Lucas sagt:
– Ich bin müde. Ich muß heim.
– Sie werden bloß wieder in den Kneipen herumhängen.
– Sie sind gut informiert, Herr Pfarrer.
Der Pfarrer lacht:
– Ich treffe viele alte Frauen. Sie erzählen mir alles, was in der Stadt passiert. Machen Sie nicht solch ein Gesicht! Gehen Sie schon und viel Spaß! Heute abend ist Silvester.
Lucas steht auf:
– Ich wünsche Ihnen ein glückliches neues Jahr, Herr Pfarrer.
Der Pfarrer erhebt sich ebenfalls und legt Lucas die Hand auf den Kopf:
– Gott segne Sie. Gebe Er Ihrer Seele Frieden.
Lucas sagt:
– Ich werde nie Frieden haben in mir.
– Man muß beten und hoffen, mein Kind.
Lucas geht die Straße entlang. Er geht an den lauten

Kneipen vorbei, kehrt aber nicht ein, beschleunigt den Schritt, und auf dem kleinen unbeleuchteten Weg zu Großmutters Haus beginnt er sogar zu rennen.
Er öffnet die Küchentür. Yasmine sitzt noch auf der Eckbank. Sie hat die Herdtür geöffnet und blickt ins Feuer. Das Schüsselchen mit der erkalteten Suppe steht noch auf dem Tisch.
Lucas setzt sich Yasmine gegenüber:
– Du hast nichts gegessen.
– Ich habe keinen Hunger. Ich bin noch ganz durchgefroren.
Lucas nimmt eine Flasche Schnaps vom Regal und schenkt zwei Gläser ein:
– Trink. Das wärmt dich von innen.
Er trinkt, Yasmine ebenfalls. Er schenkt noch mal ein. Sie trinken schweigend. Sie hören in der Ferne die Glokken der Stadt.
Lucas sagt:
– Es ist Mitternacht. Ein neues Jahr hat begonnen.
Yasmine läßt ihren Kopf auf den Tisch sinken und weint.
Lucas steht auf und nimmt die Decke weg, die Yasmine noch um sich herum hat. Er streichelt ihr langes, glänzendes, schwarzes Haar. Er streichelt auch die Brüste, die prall gefüllt sind mit Milch. Er hakt die Bluse auf, beugt sich vor und trinkt.

Am nächsten Morgen kommt Lucas in die Küche. Yasmine sitzt auf der Bank und hält ihr Baby auf dem Schoß.
Sie sagt:
– Ich möchte mein Baby noch baden. Dann gehe ich.
– Wohin gehst du?

– Ich weiß nicht. Ich kann nicht in dieser Stadt bleiben nach allem, was passiert ist.
Lucas fragt:
– Was ist denn passiert? Ist es das Kind? Es gibt andere ledige Mütter in der Stadt. Haben deine Eltern dich verstoßen?
– Ich habe keine Eltern. Meine Mutter ist bei meiner Geburt gestorben. Ich lebte mit meinem Vater und meiner Tante zusammen, der Schwester meiner Mutter. Meine Tante hat mich großgezogen. Als mein Vater aus dem Krieg zurückkam, hat er sie geheiratet. Aber er liebte sie nicht. Er liebte nur mich.
Lucas sagt:
– Ich verstehe.
– Ja. Und als meine Tante es merkte, hat sie uns angezeigt. Mein Vater ist im Gefängnis. Und ich habe im Krankenhaus als Putzfrau gearbeitet bis zur Entbindung. Ich bin heute morgen aus dem Krankenhaus entlassen worden, ich habe bei uns zu Hause angeklopft, meine Tante hat mir nicht aufgemacht. Sie hat mich durch die Tür beschimpft.
Lucas sagt:
– Ich kenne deine Geschichte. Die Leute reden davon in den Kneipen.
– Ja, alle reden davon. Es ist eine kleine Stadt. Ich kann hier nicht bleiben. Ich wollte das Kind ertränken und dann über die Grenze.
– Über die Grenze kommt man nicht rüber. Du würdest auf eine Mine treten und in die Luft fliegen.
– Es ist mir egal, ob ich sterbe.
– Wie alt bist du?
– Achtzehn.
– Das ist zu jung zum Sterben. Du kannst dein Leben woanders noch mal anfangen. In einer andern Stadt,

später, wenn dein Kind größer ist. Vorläufig kannst du so lange hierbleiben, wie du willst.
Sie sagt:
– Aber die Leute in der Stadt!
– Die Leute werden aufhören zu tratschen. Sie werden schon Ruhe geben. Hier bist du nicht mehr in der Stadt, hier bist du bei mir.
– Du würdest mich hierbehalten, mit meinem Kind?
– Du kannst in dem Zimmer nebenan wohnen, du kannst in die Küche kommen, aber nie in mein Zimmer, auch nicht in die Dachkammer. Und du darfst mir nie Fragen stellen.
Yasmine sagt:
– Ich werde dir keine Fragen stellen, und ich werde dich nicht stören. Ich werde auch darauf achten, daß das Kind dich nicht stört. Ich werde kochen und saubermachen. Ich kenne mich da aus. Bei uns sorgte ich fürs Haus, weil meine Tante in der Fabrik arbeitete.
Lucas sagt:
– Das Wasser kocht. Du kannst das Bad richten.
Yasmine stellt eine Schüssel auf den Tisch und wickelt das Kind aus. Lucas wärmt ein Badetuch überm Herd. Yasmine wäscht das Kind, Lucas sieht ihr zu.
Er sagt:
– Die Schultern sind verwachsen.
– Ja. Die Beine auch. Man hat es mir im Krankenhaus gesagt. Es ist meine Schuld. Ich habe meinen Bauch mit einem Korsett zusammengeschnürt, um meine Schwangerschaft zu verbergen. Er wird ein Krüppel werden. Wenn ich doch den Mut gehabt hätte, ihn zu ertränken.
Lucas nimmt das gewickelte Kind in seine Arme und betrachtet das kleine zerknitterte Gesicht:
– Kein Wort mehr davon, Yasmine.

Sie sagt:
– Er wird unglücklich sein.
– Du bist auch unglücklich und bist doch kein Krüppel. Er wird vielleicht nicht unglücklicher sein als du oder irgendein anderer.
Yasmine nimmt ihm das Kind wieder ab, ihre Augen sind voll Tränen:
– Du bist nett, Lucas.
– Du kennst meinen Namen?
– Jeder in der Stadt kennt dich. Man sagt, du seist verrückt, aber das glaube ich nicht.
Lucas geht hinaus und kommt mit Brettern wieder herein:
– Ich werde ihm eine Wiege zimmern.
Yasmine wäscht die Wäsche, kocht das Essen. Als die Wiege fertig ist, legen sie das Kind hinein und schaukeln es hin und her.
Lucas fragt:
– Wie heißt er? Hast du ihm schon einen Namen gegeben?
– Ja. Im Krankenhaus wird man danach gefragt, um ihn beim Bürgermeisteramt anzumelden. Ich habe ihn Mathias genannt. Das ist der Name meines Vaters. Ein anderer ist mir nicht eingefallen.
– Liebtest du ihn so sehr?
– Ich hatte nur ihn.

Am Abend kommt Lucas vom Pfarrhaus zurück, ohne in der Kneipe haltzumachen. Das Feuer brennt noch im Herd. Durch die halboffene Tür hört Lucas Yasmine leise singen. Er tritt ins Zimmer der Großmutter. Yasmine steht im Hemd am Fenster und wiegt ihr Kind. Lucas fragt:

– Warum schläfst du noch nicht?
– Ich habe auf dich gewartet.
– Du darfst nicht auf mich warten. Normalerweise komme ich viel später nach Hause.
Yasmine lächelt:
– Ich weiß. Du spielst in den Kneipen.
Lucas tritt näher heran und fragt:
– Schläft er?
– Schon lange. Aber ich schaukle ihn so gerne.
Lucas sagt:
– Komm in die Küche. Sonst wird er wach.
In der Küche sitzen sie einander gegenüber und trinken schweigend Schnaps. Später fragt Lucas:
– Wann hat das angefangen? Zwischen deinem Vater und dir?
– Sofort. Sobald er zurück war.
– Wie alt warst du da?
– Zwölf.
– Hat er dich vergewaltigt?
Yasmine lacht:
– O nein! Er hat mich nicht vergewaltigt. Er legte sich nur neben mich, preßte mich an sich, küßte mich, streichelte mich und weinte.
– Wo war deine Tante während der Zeit?
– Sie arbeitete in der Fabrik, Schichtdienst. Wenn sie Nachtdienst hatte, schlief mein Vater bei mir, in meinem Bett. Es war ein schmales Bett in einer kleinen Kammer ohne Fenster. Wir waren glücklich, wir beide, in diesem Bett.
Lucas schenkt Schnaps ein und sagt:
– Red weiter!
– Ich wurde größer. Mein Vater streichelte meine Brüste, er sagte: »Bald bist du eine Frau, bald wirst du mit einem Jungen auf und davon gehen.« Ich sagte: »Nein,

ich gehe nie weg.« Eines Nachts, im Schlaf, habe ich seine Hand genommen und sie zwischen meine Beine gelegt. Ich habe seine Finger gedrückt und zum ersten Mal ein Lustgefühl gespürt. Am nächsten Abend habe ich ihn gebeten, mir noch einmal dieses unendlich zarte Glücksgefühl zu verschaffen. Er weinte, er sagte, man dürfe das nicht, es sei etwas Schlechtes, aber ich wollte es unbedingt und habe ihn angefleht. Da hat er sich über mein Geschlecht gebeugt, hat daran geleckt und gesaugt, hat es geküßt, und mein Glück war noch größer als beim ersten Mal. –

Eines Abends hat er sich auf mich gelegt, er hat sein Glied zwischen meine Beine gesteckt und hat zu mir gesagt: »Presse die Beine zusammen, ganz fest, laß mich nicht rein, ich will dir nicht weh tun.« –

Jahrelang haben wir uns so geliebt, aber dann kam eine Nacht, in der ich nicht dagegen ankonnte. Mein Verlangen nach ihm war zu groß, ich habe die Beine gespreizt, ich war weit offen, und er ist in mich eingedrungen. –

Sie verstummt, sieht Lucas an. Ihre großen schwarzen Augen glänzen, ihre vollen Lippen öffnen sich leicht. Sie holt eine Brust aus ihrem Hemd hervor und fragt:

– Willst du?

Lucas packt sie bei den Haaren, zerrt sie ins Schlafzimmer, wirft sie aufs Bett der Großmutter und nimmt sie und beißt ihr dabei in den Nacken.

In den folgenden Tagen geht Lucas wieder in die Kneipen. Er nimmt auch seine Wanderungen durch die leeren Straßen der Stadt wieder auf.

Wenn er nach Hause kommt, geht er direkt in sein Zimmer.

Eines Abends jedoch, als er betrunken ist, öffnet er die Tür von Großmutters Schlafzimmer. Das Licht aus der

Küche erhellt den Raum. Yasmine schläft, das Kind auch.

Lucas zieht sich aus und legt sich zu Yasmine ins Bett. Yasmines Körper ist glühend heiß, Lucas' Körper eiskalt. Sie liegt zur Wand gekehrt, er preßt sich an ihren Rücken, er steckt sein Glied zwischen Yasmines Schenkel.

Sie preßt die Schenkel zusammen, sie stöhnt:

– Vater, o Vater!

Lucas flüstert ihr zu:

– Preß die Beine zusammen. Fester.

Sie wehrt sich und atmet schwer. Er dringt in sie ein, und sie schreit.

Lucas legt Yasmine die Hand auf den Mund, er zieht ihr die Bettdecke über den Kopf:

– Sei still! Das Kind wird sonst wach!

Sie beißt ihm in die Finger, lutscht an seinem Daumen.

Als es vorbei ist, bleiben sie noch ein paar Minuten liegen, dann steht Lucas auf.

Yasmine weint.

Lucas geht in sein Zimmer.

Es ist Sommer. Das Kind ist überall. Im Zimmer der Großmutter, in der Küche, im Garten. Es krabbelt auf allen Vieren.

Es hat einen Buckel, es ist verwachsen. Seine Beine sind zu dünn, seine Arme zu lang, sein Körper ist unproportioniert.

Es kommt auch in Lucas' Zimmer. Es trommelt mit seinen kleinen Fäusten an die Tür, bis Lucas ihm aufmacht. Es klettert auf das große Bett.

Lucas legt eine Platte auf das Grammophon, und das Kind wiegt sich auf dem Bett hin und her.

Lucas legt eine andere Platte auf, und das Kind verkriecht sich unter den Decken.
Lucas nimmt ein Blatt Papier und zeichnet ein Kaninchen, ein Huhn, ein Schwein. Das Kind lacht und küßt das Papier.
Lucas zeichnet eine Giraffe und einen Elefanten, das Kind schüttelt den Kopf und zerreißt das Blatt.
Lucas macht einen Sandkasten für das Kind, kauft ihm eine Schaufel, eine Gießkanne und eine Schubkarre.
Er bringt eine Schaukel an, er baut ihm ein Wägelchen mit einem Gehäuse und Rädern. Er setzt das Kind hinein und fährt es spazieren. Er zeigt ihm die Fische, er läßt es in den Kaninchenstall. Das Kind versucht, die Kaninchen zu streicheln, aber die Kaninchen laufen aufgeregt in alle Richtungen.
Das Kind weint.
Lucas geht in die Stadt und kauft einen Teddybär.
Das Kind sieht den Teddy, nimmt ihn, »spricht« mit ihm, schüttelt ihn und wirft ihn Lucas vor die Füße.
Yasmine nimmt den Teddy, streichelt ihn:
– Der Teddy ist lieb. Er ist ein ganz lieber kleiner Bär.
Das Kind schaut seine Mutter an und schlägt mit seinem Kopf auf den Küchenboden. Yasmine legt den Teddy beiseite und nimmt das Kind in ihre Arme. Das Kind brüllt, es hämmert auf den Kopf der Mutter und tritt ihr mit den Füßen in den Bauch. Yasmine läßt es los, und das Kind versteckt sich unterm Tisch bis zum Abend.
Am Abend bringt Lucas ein ganz junges Kätzchen mit, das er vor Josephs Mistgabel gerettet hat. Das kleine Tier steht miauend auf dem Küchenfußboden und zittert am ganzen Leib.
Yasmine stellt ihm ein Schüsselchen Milch hin, die Katze miaut immer noch.
Yasmine setzt die Katze in die Wiege des Kindes.

Das Kind klettert in seine Wiege, legt sich neben die kleine Katze und preßt sie an sich. Das Kätzchen wehrt sich und zerkratzt dem Kind Gesicht und Hände.
Nach ein paar Tagen frißt die Katze alles, was man ihr gibt, und schläft in der Wiege zu Füßen des Kindes.
Lucas bittet Joseph, ihm einen kleinen Hund zu beschaffen.
Eines Tages kommt Joseph und bringt ihnen ein schwarzes Hündchen mit langem krausen Fell. Yasmine hängt gerade die Wäsche im Garten auf, das Kind hält seinen Mittagsschlaf. Yasmine klopft an Lucas' Tür und ruft:
– Da ist jemand!
Sie versteckt sich im Zimmer der Großmutter.
Lucas geht Joseph entgegen. Joseph sagt:
– Hier ist der Hund, den ich Ihnen versprochen habe. Es ist ein Schäferhund, der an Weite gewöhnt ist. Er wird ein guter Wachhund werden.
Lucas sagt:
– Vielen Dank, Joseph. Kommen Sie und trinken Sie ein Glas Wein.
Sie gehen in die Küche und trinken Wein. Joseph fragt:
– Wollen Sie mich nicht mit Ihrer Frau bekanntmachen?
Lucas sagt:
– Yasmine ist nicht meine Frau. Sie wußte nicht wohin, da habe ich sie aufgenommen.
Joseph sagt:
– Die ganze Stadt kennt ihre Geschichte. Sie ist ein sehr hübsches Mädchen. Der kleine Hund ist wohl für ihr Kind, denke ich.
– Ja, für das Kind von Yasmine.
Bevor er geht, sagt Joseph noch:
– Sie sind sehr jung, Lucas, um für eine Frau und ein Kind zu sorgen. Das ist eine große Verantwortung.
Lucas sagt:

– Das ist meine Sache.
Als Joseph weg ist, kommt Yasmine aus dem Haus. Lucas hat den kleinen Hund auf dem Arm:
– Sieh mal, was Joseph für Mathias mitgebracht hat.
Yasmine sagt:
– Er hat mich gesehen. Hat er keine Bemerkungen gemacht?
– Doch. Er findet dich sehr hübsch. Es sollte dich nicht kümmern, Yasmine, was die Leute von uns denken. Du solltest bald einmal mit mir in die Stadt gehen und dir was zum Anziehen kaufen. Du hast immer dasselbe Kleid an, seitdem du hier angekommen bist.
– Das Kleid genügt mir. Ich will kein anderes. Ich werde nicht in die Stadt gehen.
Lucas sagt:
– Zeigen wir Mathias mal den Hund.
Das Kind sitzt mit der Katze unterm Küchentisch.
Yasmine sagt:
– Mathi, das ist für dich. Es ist ein Geschenk.
Lucas setzt sich mit dem Hund auf die Eckbank, das Kind klettert auf seinen Schoß. Es betrachtet den Hund, es streicht ihm die Haare beiseite, die ihm übers Maul hängen. Der Hund leckt dem Kind das Gesicht. Die Katze faucht den Hund an und flüchtet in den Garten.

Es wird immer kälter. Lucas sagt zu Yasmine:
– Mathias braucht warme Sachen und du auch.
Yasmine sagt:
– Ich kann stricken. Ich bräuchte Wolle und Nadeln.
Lucas kauft einen Korb Wolle und Stricknadeln verschiedener Stärken. Yasmine strickt Pullover, Socken, Schals, Handschuhe und Mützen. Aus den Wollresten macht sie bunte Decken. Lucas gratuliert ihr dazu.

Yasmine sagt:
– Ich kann auch nähen. Zu Hause hatte ich die alte Nähmaschine meiner Mutter.
– Soll ich sie holen?
– Hättest du den Mut, zu meiner Tante zu gehen?
Lucas zieht mit der Schubkarre los. Er klopft an die Tür von Yasmines Tante. Eine noch junge Frau macht ihm auf:
– Was wollen Sie?
– Ich möchte Yasmines Nähmaschine abholen.
Sie sagt:
– Kommen Sie herein.
Lucas betritt eine sehr saubere Küche. Die Tante von Yasmine mustert ihn scharf:
– Sie sind das also. Armer Junge. Sie sind ja noch ein Kind.
Lucas sagt:
– Ich bin siebzehn Jahre alt.
– Und sie ist bald neunzehn. Wie geht es ihr?
– Gut.
– Und dem Kind?
– Auch sehr gut.
Nach kurzem Schweigen sagt sie:
– Ich habe gehört, daß das Kind mit Mißbildungen auf die Welt gekommen ist. Das ist die Strafe Gottes.
Lucas fragt:
– Wo ist die Nähmaschine?
Die Tante öffnet eine Tür, die zu einer fensterlosen Kammer führt:
– Alles, was ihr gehörte, ist da drin. Nehmen Sie es mit.
Eine Nähmaschine und ein Weidenkorb.
Lucas fragt:
– Sonst stand hier nichts?
– Ihr Bett. Ich habe es verbrannt.

Lucas stellt die Nähmaschine und den Korb auf die Schubkarre.
Er sagt:
– Ich danke Ihnen.
– Keine Ursache. Gut, daß ich es los bin.
Es regnet oft. Yasmine näht und strickt. Das Kind kann nicht mehr draußen spielen. Es verbringt den Tag unterm Küchentisch zusammen mit dem Hund und der Katze. Das Kind sagt schon ein paar Wörter, kann aber noch nicht laufen. Wenn Lucas es hinstellen will, wehrt es sich, krabbelt auf allen Vieren davon und sucht Zuflucht unterm Tisch.
Lucas geht in die Buchhandlung. Er kauft große weiße Bögen, Buntstifte und Bilderbücher.
Victor fragt:
– Haben Sie ein Kind zu Hause?
– Ja. Aber es ist nicht mein eigenes.
Victor sagt:
– Es gibt so viele Waisenkinder. Peter hat gefragt, wie es Ihnen geht. Sie sollten ihn mal besuchen.
Lucas sagt:
– Ich habe viel zu tun.
– Ich verstehe. Mit dem Kind. In Ihrem Alter.
Lucas geht nach Hause. Das Kind schläft auf einem Teppich unterm Küchentisch. Im Zimmer der Großmutter sitzt Yasmine und näht. Lucas setzt das Paket neben dem Kind ab. Er geht ins Zimmer, gibt Yasmine einen Kuß auf den Hals, und Yasmine hört auf zu nähen.
Das Kind zeichnet. Es zeichnet den Hund und die Katze. Es zeichnet auch andere Tiere. Es zeichnet Bäume, Blumen, das Haus. Es zeichnet auch seine Mutter.
Lucas fragt:
– Warum zeichnest du mich eigentlich nie?

Das Kind schüttelt den Kopf und versteckt sich mit seinen Büchern unterm Tisch.

Am Abend vor Weihnachten fällt Lucas eine Tanne im Wald. Er kauft bunte Kugeln und Kerzen. Im Zimmer der Großmutter schmückt er mit Yasmine den Baum. Die Geschenke liegen unterm Baum: Stoffe und ein Paar warme Stiefel für Yasmine, eine Strickjacke für Lucas, Bücher und ein Schaukelpferd für Mathias.
Yasmine brät eine Ente im Ofen. Sie kocht Kartoffeln, Kohl, trockene Bohnen. Das Gebäck ist schon seit mehreren Tagen fertig.
Als der erste Stern am Himmel erscheint, zündet Lucas die Kerzen am Baum an. Yasmine kommt mit Mathias auf dem Arm ins Zimmer.
Lucas sagt:
– Komm und hole dir deine Geschenke, Mathias. Die Bücher und das Pferd sind für dich.
Das Kind sagt:
– Ich will das Pferd. Es ist ein schönes Pferd.
Er versucht auf den Pferderücken zu klettern, vergeblich. Er ruft:
– Das Pferd ist zu groß. Das hat Lucas gemacht. Lucas ist böse. Er hat ein zu großes Pferd für Mathi gemacht.
Das Kind weint und schlägt mit seinem Kopf auf den Fußboden des Zimmers. Lucas hebt es hoch, schüttelt es:
– Das Pferd ist nicht zu groß. Mathias ist zu klein, weil er sich nicht hinstellen will. Immer auf allen Vieren, wie die Tiere! Aber du bist kein Tier!
Er hält das Kinn des Kindes hoch, damit es ihm in die Augen schaut. Er sagt in hartem Ton:

– Wenn du nicht laufen willst, wirst du nie laufen. Nie, verstehst du?
Das Kind brüllt, Yasmine reißt es Lucas weg:
– Laß es in Ruhe! Bald wird es laufen.
Sie setzt das Kind auf den Pferderücken, schaukelt es. Lucas sagt:
– Ich muß weg. Bring das Kind zu Bett und warte auf mich. Ich bleib' nicht lange fort.
Er geht in die Küche, schneidet die gebratene Ente in zwei Hälften, legt eine davon auf einen warmen Teller, häuft Gemüse und Kartoffeln ringsherum und packt den Teller in ein Tuch. Das Essen ist noch warm, als er in der Pfarrei ankommt.
Nachdem sie gegessen haben, sagt Lucas:
– Es tut mir leid, Herr Pfarrer, ich muß heim, man wartet auf mich.
Der Pfarrer sagt:
– Ich weiß, mein Sohn. Ehrlich gesagt wundere ich mich, daß du heute abend gekommen bist. Ich weiß, daß du in der Sünde lebst mit einer Sünderin und der Frucht ihrer schuldvollen Liebe. Das Kind ist nicht mal getauft, obwohl es den Namen von einem unserer Heiligen trägt.
Lucas schweigt, der Pfarrer sagt:
– Kommt beide zur Mitternachtsmesse, wenigstens heute abend.
Lucas sagt:
– Wir können das Kind nicht ohne Aufsicht lassen.
– Dann komm allein.
Lucas sagt:
– Sie duzen mich, Herr Pfarrer.
– Verzeihung, Lucas. Der Zorn ist mit mir durchgegangen. Sie sind doch für mich wie mein eigener Sohn, und ich bange um Ihr Seelenheil.

Lucas sagt:
– Duzen Sie mich weiter, Herr Pfarrer. Ich freue mich darüber. Aber Sie wissen genau, daß ich nie in die Kirche gehe.
Lucas kehrt heim. Im Haus der Großmutter sind alle Lichter gelöscht. Katze und Hund schlafen in der Küche, die Hälfte der gebratenen Ente steht noch auf dem Tisch, unberührt.
Lucas will ins Zimmer gehen. Die Tür ist abgeschlossen. Er klopft, Yasmine antwortet nicht.
Lucas geht in die Stadt. Hinter den Fenstern brennen Kerzen. Die Kneipen sind geschlossen. Lucas irrt lange durch die Straßen, dann geht er in die Kirche. Die große Kirche ist kalt, beinahe leer. Lucas lehnt sich an die Mauer neben der Tür. Weit entfernt davon, auf der gegenüberliegenden Seite, liest der Herr Pfarrer die Messe am Altar.
Eine Hand berührt Lucas' Schulter. Peter sagt:
– Kommen Sie, Lucas. Gehen wir nach draußen.
Draußen fragt er:
– Was hat Sie dorthin getrieben?
– Und Sie, Peter?
– Ich bin hinter Ihnen hergegangen. Ich kam von Victor, als ich Sie sah.
Lucas sagt:
– Ich fühle mich verloren in dieser Stadt, wenn die Kneipen geschlossen sind.
– Ich fühle mich hier sowieso verloren. Kommen Sie mit zu mir, um sich aufzuwärmen, bevor Sie nach Hause gehen.
Peter wohnt in einem schönen Haus am Hauptplatz. Er hat tiefe Sessel, Bücherregale an den Wänden, und es ist warm. Peter schenkt einen Schnaps ein:
– Ich habe keinen einzigen Freund in dieser Stadt außer

Victor, der ein netter, gebildeter Mann ist, aber ziemlich langweilig. Er hört nicht auf, sich zu beklagen.
Lucas schläft ein. Als er bei Morgengrauen erwacht, sitzt Peter immer noch ihm gegenüber und sieht ihn an.

Im folgenden Sommer stellt sich das Kind aufrecht hin. An den Rücken des Hundes geklammert, ruft es:
– Lucas! Guck mal!
Lucas kommt herbeigelaufen.
Das Kind sagt:
– Mathi ist größer als der Hund. Mathi steht.
Der Hund geht zur Seite, das Kind fällt. Lucas nimmt es auf den Arm, hebt es über seinen Kopf und sagt:
– Mathias ist größer als Lucas!
Das Kind lacht. Am nächsten Tag kauft Lucas ihm ein Dreirad.
Yasmine sagt zu Lucas:
– Du gibst zuviel Geld für Spielzeug aus.
Lucas sagt:
– Das Dreirad wird mithelfen, daß die Beine sich besser entwickeln.
Im Herbst läuft das Kind ganz sicher, aber es hinkt auffällig. Eines Morgens sagt Lucas zu Yasmine:
– Nach dem Frühstück bade das Kind und zieh es sauber an. Ich gehe mit ihm zum Arzt.
– Zum Arzt? Warum?
– Siehst du denn nicht, daß es hinkt?
Yasmine antwortet:
– Es ist schon ein Wunder, daß es laufen kann.
Lucas sagt:
– Er soll laufen wie alle andern.
Yasmines Augen füllen sich mit Tränen:
– Ich nehme ihn so, wie er ist.

Als das Kind gewaschen und angezogen ist, nimmt Lucas es bei der Hand:
– Wir machen jetzt einen langen Spaziergang, Mathias. Wenn du müde bist, trage ich dich.
Yasmine fragt:
– Gehst du mit ihm durch die Stadt bis zum Krankenhaus?
– Warum nicht?
– Die Leute werden gucken. Ihr könntet meiner Tante begegnen.
Lucas antwortet nicht.
Yasmine sagt noch:
– Wenn man ihn dabehalten will, läßt du es doch nicht zu, nicht wahr, Lucas?
Lucas sagt:
– Was für eine Frage!
Bei der Rückkehr vom Krankenhaus sagt Lucas nur:
– Du hattest recht, Yasmine.
Er schließt sich in sein Zimmer ein, hört Schallplatten, und als das Kind an die Tür trommelt, macht er ihm nicht auf.
Am Abend, als Yasmine das Kind zu Bett bringt, tritt Lucas in das Zimmer der Großmutter. Wie jeden Abend setzt er sich an die Wiege und erzählt Mathias eine Geschichte. Als die Geschichte zu Ende ist, sagt er:
– Deine Wiege wird bald zu klein sein. Ich werde dir ein Bett zimmern müssen.
Das Kind sagt:
– Wir behalten die Wiege für den Hund und die Katze.
– Ja, wir behalten die Wiege. Ich werde dir auch ein Regal machen für die Bücher, die du schon hast, und für alle andern, die ich dir noch kaufen werde.
Das Kind sagt:
– Erzähl mir noch eine Geschichte.

– Ich muß jetzt arbeiten.
– Nachts gibt es keine Arbeit.
– Für mich gibt es immer Arbeit. Ich muß viel Geld verdienen.
– Wofür braucht man das, Geld?
– Um all das zu kaufen, was wir nötig haben, wir drei.
– Kleider und Schuhe?
– Ja. Und auch Spielsachen, Bücher und Schallplatten.
– Spielsachen und Bücher sind gut. Geh und arbeite.
Lucas sagt:
– Und du mußt schlafen, um groß zu werden.
Das Kind sagt:
– Ich werde nicht groß, das weißt du doch. Der Arzt hat es gesagt.
– Das hast du falsch verstanden, Mathias. Du wirst groß werden. Nicht so schnell wie die andern Kinder, aber du wirst wachsen.
Das Kind fragt:
– Warum nicht so schnell?
– Weil nicht alle gleich sind. Du wirst nicht so groß werden wie die andern, aber klüger. Die Größe ist nicht wichtig, Klugsein, darauf kommt es an.
Lucas geht aus dem Haus. Aber anstatt in die Stadt zu gehen, geht er zum Bach hinunter, setzt sich ins feuchte Gras und schaut auf das schlammige schwarze Wasser.

3

Lucas sagt zu Victor:
– Diese Kinderbücher sind alle gleich, sie erzählen nur dummes Zeug. Das läßt sich kein Vierjähriger mehr weismachen.
Victor zuckt die Achseln:
– Was tun? Mit den Büchern für Erwachsene ist es nicht anders. Sehen Sie nur. Ein paar Romane, die das Regime verherrlichen. Man könnte glauben, es gibt keine Schriftsteller mehr in unserm Land.
Lucas sagt:
– Ja, ich kenne dieses Genre. Sie sind das Papier nicht wert. Was ist aus den Büchern von früher geworden?
– Verboten. Verschwunden. Aus dem Verkehr gezogen. Vielleicht finden Sie noch welche in der Bibliothek.
– Eine Bibliothek in unserer Stadt? Davon habe ich noch nie gehört. Wo soll die sein?

– In der ersten Straße links, wenn man vom Schloß kommt. Ich weiß nicht, wie sie heißt, das ändert sich dauernd. Die Straßen werden ständig umbenannt.
Lucas sagt:
– Ich werde sie schon finden.
Die Straße, von der Victor sprach, ist leer. Lucas wartet. Aus einem Haus kommt ein alter Mann. Lucas fragt ihn:
– Wissen Sie, wo die Bibliothek ist?
Der Alte zeigt auf ein altes graues, halb verfallenes Haus:
– Da drüben. Aber nicht mehr lange, glaube ich. Es sieht so aus, als käme sie anderswohin. Jede Woche fährt da ein Lastwagen vor und holt Bücher ab.
Lucas betritt das graue Haus. Er geht einen langen düsteren Gang entlang, der zu einer verglasten Tür führt. Auf einem rostigen Schild steht: »Öffentliche Bibliothek«.
Lucas klopft an. Eine Frauenstimme antwortet:
– Herein!
Lucas kommt in einen großen Raum, in den die Abendsonne hereinscheint. Eine grauhaarige Frau sitzt an einem Schreibtisch. Sie hat eine Brille auf. Sie fragt:
– Was wünschen Sie?
– Ich möchte Bücher ausleihen.
Die Frau nimmt ihre Brille ab und schaut Lucas an:
– Bücher ausleihen? Seitdem ich hier bin, ist noch nie jemand gekommen, um Bücher auszuleihen.
– Sind Sie schon lange hier?
– Seit zwei Jahren. Ich soll hier Ordnung schaffen. Ich muß den Bestand sichten und alles aussortieren, was auf dem Index steht.
– Und dann? Was machen Sie dann damit?
– Ich packe die Bücher in die Kisten da, und dann werden sie abgeholt und eingestampft.
– Stehen viele Bücher auf dem Index?
– Fast alle.

Lucas betrachtet die großen Kisten voller Bücher:
– Was für eine traurige Arbeit für Sie.
Sie fragt:
– Lesen Sie gern?
– Ich habe alle Bücher des Herrn Pfarrer gelesen. Er hat eine ganze Menge, aber nicht alle sind interessant.
Sie lächelt:
– Das kann ich mir denken.
– Ich habe auch die gelesen, die man kaufen kann. Sie sind noch weniger interessant.
Sie lächelt wieder:
– Was für Bücher würden Sie denn gern lesen?
– Die Bücher, die auf dem Index stehen.
Sie setzt ihre Brille wieder auf und sagt:
– Das ist ausgeschlossen. Es tut mir leid. Gehen Sie!
Lucas rührt sich nicht von der Stelle. Sie wiederholt:
– Ich habe gesagt, Sie sollen gehen.
Lucas sagt:
– Sie haben Ähnlichkeit mit meiner Mutter.
– In jünger, hoffe ich?
– Nein. Meine Mutter war jünger als Sie, als sie starb.
Sie sagt:
– Verzeihung. Es tut mir leid.
– Meine Mutter hatte noch schwarzes Haar. Sie haben schon graues Haar und tragen eine Brille.
Die Frau steht auf:
– Es ist fünf Uhr. Ich schließe jetzt.
Auf der Straße sagt Lucas:
– Ich begleite Sie. Geben Sie mir Ihre Tasche. Sie scheint sehr schwer zu sein.
Sie gehen schweigend nebeneinander. Nicht weit vom Bahnhof bleibt sie vor einem kleinen niedrigen Haus stehen:
– Hier wohne ich. Vielen Dank. Wie heißen Sie?

– Lucas.
– Danke, Lucas.
Sie nimmt ihm die Tasche ab. Lucas fragt:
– Was haben Sie da drin?
– Kohlenbriketts.
Am nächsten Tag, spät nachmittags, geht Lucas wieder in die Bibliothek. Die grauhaarige Frau sitzt an ihrem Schreibtisch. Lucas sagt:
– Sie haben vergessen, mir ein Buch auszuleihen gestern.
– Ich habe Ihnen doch gesagt, daß es nicht geht.
Lucas nimmt ein Buch aus einer der großen Kisten:
– Nur eins. Dies hier.
Sie sagt etwas lauter:
– Sie haben sich nicht einmal den Titel angesehen. Legen Sie das Buch wieder in die Kiste und gehen Sie!
Lucas legt das Buch zurück:
– Regen Sie sich nicht auf. Ich nehme kein Buch. Ich warte, bis Sie schließen.
– Sie warten überhaupt nicht! Raus mit Ihnen, Sie dreckiger kleiner Lockspitzel! Wenn das keine Schande ist, in Ihrem Alter!
Sie schluchzt:
– Wann hört man endlich auf, mich zu bespitzeln, zu belauern, zu verdächtigen?
Lucas verläßt die Bibliothek und setzt sich auf die Treppe des gegenüberliegenden Hauses. Er wartet. Kurz nach fünf kommt die Frau lächelnd auf ihn zu:
– Verzeihen Sie. Ich habe solche Angst. Immer Angst. Vor allem und jedem.
Lucas sagt:
– Ich werde Sie nicht mehr um Bücher bitten. Ich bin nur wiedergekommen, weil Sie meiner Mutter so ähnlich sehen.

Er zieht ein Photo aus der Tasche:
– Da, sehen Sie.
Sie betrachtet das Photo:
– Ich erkenne keine Ähnlichkeit. Ihre Mutter ist jung, schön, elegant.
Lucas fragt:
– Warum tragen Sie Schuhe mit flachen Absätzen und so ein farbloses Kostüm? Warum benehmen Sie sich wie eine alte Frau?
Sie sagt:
– Ich bin fünfunddreißig.
– Meine Mutter war genauso alt auf dem Photo. Sie könnten sich doch wenigstens Ihr Haar färben lassen.
– Mein Haar ist in einer einzigen Nacht weiß geworden, damals, als *sie* meinen Mann wegen Hochverrat gehängt haben. Das war vor drei Jahren.
Sie reicht Lucas ihre Einkaufstasche:
– Begleiten Sie mich.
Vor dem Haus fragt Lucas:
– Darf ich mit reinkommen?
– Ich lasse nie jemand herein.
– Warum nicht?
– Ich kenne niemand in dieser Stadt.
– Mich kennen Sie doch jetzt.
Sie lächelt:
– Gut. Kommen Sie herein, Lucas.
In der Küche sagt Lucas:
– Ich weiß nicht, wie Sie heißen. Ich möchte Sie nicht mit »gnädige Frau« anreden.
– Ich heiße Clara. Sie können die Tasche ins Zimmer bringen und neben dem Ofen ausschütten. Ich mache Tee.
Lucas kippt die Briketts in eine Holzkiste. Er geht zum Fenster und entdeckt einen kleinen verlassenen Garten

und etwas weiter weg einen Eisenbahndamm, auf dem das Unkraut wuchert.
Clara kommt ins Zimmer:
– Ich habe vergessen, Zucker zu kaufen.
Sie stellt ein Tablett auf den Tisch und tritt zu Lucas:
– Es ist ruhig hier. Es kommen keine Züge mehr vorbei.
Lucas sagt:
– Es ist ein hübsches Haus.
– Es ist eine Dienstwohnung. Das Haus gehörte Leuten, die ins Ausland gegangen sind.
– Auch die Möbel?
– Die Möbel in diesem Zimmer, ja. Die Möbel im Schlafzimmer gehören mir. Es ist mein Bett, mein Schreibtisch, mein Bücherschrank.
Lucas fragt:
– Darf ich Ihr Schlafzimmer mal sehen?
– Vielleicht ein andermal. Trinken Sie jetzt Ihren Tee.
Lucas trinkt etwas bitteren Tee und sagt dann:
– Ich muß gehen, ich habe zu tun. Aber ich könnte später wiederkommen.
Sie sagt:
– Nein, kommen Sie nicht wieder. Ich gehe sehr früh zu Bett, um Kohle zu sparen.
Als Lucas zu Hause ankommt, sind Yasmine und Mathias in der Küche. Yasmine sagt:
– Der Kleine wollte ohne dich nicht ins Bett. Ich habe schon die Tiere gefüttert und die Ziegen gemolken.
Lucas erzählt Mathias eine Geschichte und schaut dann beim Pfarrer vorbei. Schließlich geht er wieder zu dem kleinen Haus in der Bahnhofstraße. Es brennt kein Licht mehr.

Lucas wartet auf der Straße. Clara kommt aus der Bibliothek. Sie hat keine Tasche bei sich. Sie sagt zu Lucas:
– Sie werden doch wohl nicht jeden Tag hier auf mich warten?
– Warum nicht? Stört Sie das?
– Ja. Es ist lächerlich und unnötig.
Lucas sagt:
– Ich möchte Sie nach Haus begleiten.
– Ich habe heute keine Tasche. Außerdem gehe ich nicht direkt nach Hause. Ich muß noch Besorgungen machen.
Lucas fragt:
– Darf ich später am Abend zu Ihnen kommen?
– Nein!
– Warum nicht? Heute ist Freitag. Morgen arbeiten Sie nicht. Sie brauchen doch nicht früh zu Bett zu gehen.
Clara sagt:
– Das reicht! Kümmern Sie sich nicht um mich und auch nicht darum, wann ich zu Bett gehe. Hören Sie auf, immer auf mich zu warten und wie ein Hündchen hinter mir herzulaufen.
– Dann sehe ich Sie also nicht bis Montag?
Sie seufzt, sie schüttelt den Kopf:
– Weder Montag noch an einem andern Tag. Belästigen Sie mich nicht weiter, Lucas, bitte. Was wollen Sie denn von mir?
Lucas sagt:
– Ich sehe Sie nun mal gern. Sogar in Ihrem alten Kostüm und mit Ihrem grauen Haar.
– Sie sind dreist!
Clara macht auf dem Absatz kehrt und geht in Richtung des Hauptplatzes. Lucas folgt ihr.
Clara geht in ein Konfektionsgeschäft und danach in ein Schuhgeschäft. Lucas wartet lange. Dann geht sie noch

in ein Lebensmittelgeschäft. Sie hat beide Arme voll beladen, als sie wieder den Weg zur Bahnhofstraße einschlägt. Lucas holt sie ein:

– Lassen Sie mich tragen helfen.

Clara sagt, ohne stehenzubleiben:

– Lassen Sie mich in Ruhe! Scheren Sie sich weg! Und lassen Sie sich nicht mehr blicken!

– Gut, Clara. Sie werden mich nicht wiedersehen.

Lucas geht nach Hause. Yasmine sagt zu ihm:

– Mathias ist schon im Bett.

– Schon? Warum?

– Ich glaube, er schmollt.

Lucas geht in das Schlafzimmer der Großmutter:

– Schläfst du schon, Mathias?

Das Kind gibt keine Antwort. Lucas geht wieder aus dem Zimmer. Yasmine fragt:

– Kommst du spät zurück heute abend?

– Es ist Freitag.

Sie sagt:

– Der Garten und die Tiere bringen genug ein. Du solltest nicht mehr in den Kneipen spielen, Lucas. Wegen dem bißchen Geld, das du da verdienst, lohnt es sich nicht, die ganze Nacht dazubleiben.

Lucas antwortet nicht. Er verrichtet seine abendliche Arbeit und geht zur Pfarrei.

Der Pfarrer sagt:

– Wir haben schon lange nicht mehr Schach gespielt.

Lucas sagt:

– Ich bin sehr beschäftigt zur Zeit.

Er geht in die Stadt, betritt eine Kneipe, spielt Mundharmonika und trinkt. Er trinkt in allen Kneipen der Stadt und geht wieder zu Claras Haus.

Das Licht dringt durch die beiden zugezogenen Vorhänge an den Küchenfenstern. Lucas geht um den Häu-

serblock herum, kommt über die Eisenbahnschienen zurück und geht in Claras Garten. Hier sind die Vorhänge dünner. Lucas erkennt zwei Gestalten in dem Zimmer, in dem er gestern war. Ein Mann geht im Zimmer auf und ab, Clara lehnt am Ofen. Der Mann geht zu ihr, entfernt sich wieder und nähert sich ihr abermals. Er redet. Lucas hört seine Stimme, aber versteht nicht, was er sagt.
Die beiden Gestalten werden eins. Es dauert lange. Sie trennen sich. Im Schlafzimmer geht das Licht an. Es ist niemand mehr im Wohnzimmer.
Als Lucas zum andern Fenster geht, erlischt das Licht. Lucas geht wieder vors Haus. Er steht versteckt im Dunkeln und wartet.
Im Morgengrauen verläßt ein Mann Claras Haus und geht mit schnellen Schritten davon. Lucas folgt ihm. Der Mann geht in eines der Häuser am Hauptplatz.
Als Lucas nach Haus kommt, geht er in die Küche, um Wasser zu trinken. Yasmine kommt aus dem Schlafzimmer der Großmutter:
– Ich habe die ganze Nacht auf dich gewartet. Es ist sechs Uhr früh. Wo warst du?
– Auf der Straße.
– Was ist los, Lucas?
Sie streckt die Hand aus, um sein Gesicht zu streicheln. Lucas schiebt die Hand beiseite, geht aus der Küche und schließt sich in seinem Zimmer ein.

Am Samstag abend zieht Lucas von einer Kneipe in die andere. Die Leute sind betrunken und achten nicht aufs Geld.
Plötzlich, durch die rauchige Luft, sieht Lucas *sie*. Sie sitzt allein am Eingang und trinkt Rotwein. Lucas setzt sich zu ihr an den Tisch:

– Clara! Was machen Sie hier?
– Ich konnte nicht einschlafen. Ich wollte Leute sehen.
– Diese Leute hier?
– Egal wen. Ich kann nicht immer allein zu Hause sein, immer allein.
– Sie waren nicht allein gestern abend.
Clara antwortet nicht, sie schenkt sich Wein ein, sie trinkt. Lucas nimmt ihr das Glas aus den Händen:
– Das ist genug!
Sie lacht:
– Nein. Es ist nie genug. Ich will trinken und noch mal trinken.
– Nicht hier! Nicht mit denen hier!
Lucas umklammert Claras Handgelenk. Sie schaut ihn an und sagt leise:
– Ich habe Sie gesucht.
Lucas sagt:
– Sie wollten mich nicht mehr sehen.
Sie antwortet nicht, wendet den Kopf ab.
Die Stammgäste wollen Musik hören.
Lucas wirft Geld auf den Tisch:
– Kommen Sie!
Er faßt Clara am Arm und führt sie zum Ausgang.
Ein paar anzügliche Bemerkungen und grobes Gelächter begleiten sie.
Draußen regnet es. Clara schwankt unsicher auf ihren hohen Absätzen. Lucas muß sie fast tragen.
In ihrem Zimmer fällt sie zitternd aufs Bett. Lucas zieht ihr die Schuhe aus, deckt sie zu. Er geht ins andere Zimmer und macht Feuer in dem Ofen, der die beiden Räume heizt. Er macht Tee in der Küche und bringt zwei Tassen herein. Clara sagt:
– Im Küchenschrank ist Rum.
Lucas holt den Rum und gießt etwas in die Tassen.

Clara sagt:
– Du bist zu jung für starke Getränke.
Lucas sagt:
– Ich bin zwanzig. Ich habe schon mit zwölf das Trinken gelernt.
Clara schließt die Augen:
– Ich könnte fast deine Mutter sein.
Später sagt sie noch:
– Bleib hier. Laß mich nicht allein.
Lucas setzt sich auf den Schreibtischstuhl und schaut sich im Zimmer um. Außer dem Bett stehen nur ein großer Schreibtisch und ein kleines Bücherregal darin. Er sieht sich die Bücher an, sie sind uninteressant, er kennt sie.
Clara schläft. Ein Arm hängt aus dem Bett. Lucas greift danach. Er küßt den Handrücken, dann den Handteller. Er leckt ihn, seine Zunge fährt hinauf bis zum Ellbogen. Clara rührt sich nicht.
Es ist warm jetzt. Lucas schlägt die Bettdecke zurück. Er hat Claras Körper vor sich, weiß und schwarz.
Während Lucas in der Küche war, hatte Clara Rock und Pullover ausgezogen. Jetzt zieht Lucas ihr die schwarzen Strümpfe, die schwarzen Strumpfhalter und den schwarzen Büstenhalter aus. Er deckt den weißen Körper mit der Bettdecke zu. Dann verbrennt er die Unterwäsche im Ofen des anderen Zimmers. Er nimmt einen Sessel von dort mit und setzt sich neben das Bett. Er sieht ein Buch auf dem Boden liegen. Er schaut es sich an. Es ist ein altes abgegriffenes Buch, das auf dem Vorsatzblatt den Stempel der Bücherei trägt. Lucas liest, die Stunden vergehen.
Clara beginnt zu stöhnen. Ihre Augen sind geschlossen, ihr Gesicht ist schweißbedeckt, ihr Kopf dreht sich auf dem Kopfkissen von rechts nach links, sie murmelt unverständliche Worte.
Lucas geht in die Küche, macht einen Lappen naß und

legt ihn Clara auf die Stirn. Die unverständlichen Worte werden zu Gebrüll.
Lucas schüttelt Clara, damit sie wach wird. Sie schlägt die Augen auf:
– In der Schublade von meinem Schreibtisch. Beruhigungsmittel. Eine weiße Schachtel.
Lucas findet die Tabletten. Clara schluckt zwei davon mit dem Rest kalten Tees. Sie sagt:
– Es ist nicht schlimm. Es ist immer der gleiche Alptraum.
Sie schließt die Augen. Als ihr Atem regelmäßig wird, geht Lucas fort. Er nimmt das Buch mit.
Er geht langsam im Regen durch die leeren Straßen bis zum Haus der Großmutter, am anderen Ende der Stadt.

Am Sonntag nachmittag geht Lucas wieder zu Clara. Er klopft an die Küchentür.
Clara fragt:
– Wer ist das?
– Ich bin's, Lucas.
Clara öffnet die Tür. Sie ist blaß, sie trägt einen alten roten Morgenrock.
– Was wollen Sie?
Lucas sagt:
– Ich kam gerade vorbei und fragte mich, wie es Ihnen wohl geht.
– Es geht mir sehr gut, wirklich.
Die Hand, mit der sie die Tür festhält, zittert.
Lucas sagt:
– Verzeihen Sie. Ich hatte Angst.
– Wovor? Sie haben nicht den geringsten Grund, meinetwegen Angst zu haben.
Lucas sagt ganz leise:

– Clara, bitte, lassen Sie mich herein.
Clara sagt kopfschüttelnd:
– Sie lassen sich nicht leicht abweisen, Lucas. Kommen Sie also herein und trinken Sie einen Kaffee.
Sie setzen sich in die Küche, sie trinken Kaffee.
Clara fragt:
– Was war gestern abend los?
– Wissen Sie das nicht mehr?
– Nein. Seit mein Mann tot ist, bin ich in Behandlung. Die Medikamente, die ich einnehmen muß, haben oft eine verheerende Wirkung auf mein Gedächtnis.
Lucas sagt:
– Ich habe Sie aus der Kneipe nach Hause gebracht. Wenn Sie Medikamente nehmen, sollten Sie besser keinen Alkohol trinken.
Sie verbirgt ihr Gesicht in den Händen:
– Sie können sich nicht vorstellen, was ich durchgemacht habe.
Lucas sagt:
– Ich weiß, wie weh eine Trennung tut.
– Der Tod Ihrer Mutter.
– Und noch etwas anderes. Der Abschied von einem Bruder, mit dem ich ein Herz und eine Seele war.
Clara blickt auf und schaut Lucas an:
– Wir waren auch wie eins, Thomas und ich. *Sie* haben ihn umgebracht. Haben *sie* Ihren Bruder auch umgebracht?
– Nein. Er ist fortgegangen. Über die Grenze.
– Und warum sind Sie nicht mitgegangen?
– Einer von uns mußte hierbleiben und sich um die Tiere, den Garten und das Haus der Großmutter kümmern. Wir mußten auch lernen, einer ohne den andern zu leben. Allein.
Clara legt ihre Hand auf Lucas' Hand:

– Wie heißt er?
– Claus.
– Er wird zurückkommen. Aber Thomas kommt nie zurück.
Lucas steht auf:
– Soll ich im Zimmer Feuer machen? Ihre Hände sind eiskalt.
Clara sagt:
– Das ist nett. Ich backe Pfannkuchen. Ich habe den ganzen Tag noch nichts gegessen.
Lucas säubert den Ofen. Von der schwarzen Unterwäsche ist keine Spur mehr zu sehen. Er macht Feuer und geht wieder in die Küche.
– Es ist keine Kohle mehr da.
Clara sagt:
– Ich hole welche aus dem Keller.
Sie nimmt einen Blecheimer, und Lucas sagt:
– Lassen Sie mich gehen.
– Nein! Im Keller ist kein Licht. Ich bin daran gewöhnt.
Lucas setzt sich in einen Sessel im Wohnzimmer und zieht das Buch, das er von Clara mitgenommen hatte, aus der Tasche. Er liest.
Clara bringt Pfannkuchen.
Lucas sagt:
– Wer ist das eigentlich, Ihr Liebhaber?
– Haben Sie mich bespitzelt?
Lucas sagt:
– Für ihn haben Sie sich die schwarze Unterwäsche gekauft, für ihn haben Sie Schuhe mit hohen Absätzen angezogen. Sie hätten sich auch das Haar färben sollen.
Clara sagt:
– Das alles geht Sie nichts an. Was lesen Sie da?

Lucas hält ihr das Buch hin:
– Ich habe es gestern mitgenommen. Es hat mir sehr gefallen.
– Sie hatten kein Recht, es mit nach Hause zu nehmen. Ich muß es zurückbringen in die Bibliothek.
Lucas sagt:
– Regen Sie sich nicht auf, Clara. Entschuldigen Sie bitte.
Clara wendet sich ab:
– Und meine Unterwäsche? Haben Sie die auch mitgenommen?
– Nein. Ich habe sie verbrannt.
– Sie haben sie verbrannt? Wie kommen Sie dazu?
Lucas steht auf:
– Ich glaube, es ist besser, wenn ich gehe.
– Ja, gehen Sie. Sie werden erwartet.
– Wer erwartet mich denn?
– Eine Frau und ein Kind, wie man mir gesagt hat.
– Yasmine ist nicht meine Frau.
– Sie lebt seit vier Jahren bei Ihnen mit ihrem Kind.
– Das Kind ist nicht von mir, aber es ist jetzt meins.

Am Montag wartet Lucas gegenüber von der Bibliothek. Es wird Abend, und Clara kommt nicht. Lucas geht in das alte graue Haus, folgt dem langen Gang und klopft an die Glastür. Er bekommt keine Antwort, die Tür ist verschlossen.
Lucas läuft zu Claras Haus. Er tritt ohne anzuklopfen in die Küche, dann ins Wohnzimmer. Die Tür zum Schlafzimmer steht halb offen. Lucas ruft:
– Clara?
– Kommen Sie, Lucas.
Lucas tritt ins Zimmer. Clara liegt im Bett. Lucas setzt

sich auf die Bettkante und nimmt Claras Hand: sie ist glühend heiß. Er befühlt ihre Stirn:
– Ich hole einen Arzt.
– Nein, das ist nicht nötig. Es ist nur eine Erkältung. Mir tut der Kopf und der Hals weh, das ist alles.
– Haben Sie Medikamente gegen die Schmerzen und das Fieber?
– Nein, ich habe nichts. Wir werden schon sehen morgen. Machen Sie nur Feuer und ein bißchen Tee.
Beim Teetrinken sagt sie:
– Danke, daß Sie gekommen sind, Lucas.
– Sie wußten doch, daß ich wiederkommen würde.
– Ich hoffte es. Es ist scheußlich, krank zu sein, wenn man ganz allein ist.
Lucas sagt:
– Sie werden nie mehr allein sein, Clara.
Clara preßt Lucas' Hand an ihre Wange:
– Ich war nicht nett zu Ihnen.
– Sie haben mich behandelt wie einen Hund. Aber das macht nichts.
Er streichelt Clara übers Haar, das ganz verschwitzt ist:
– Versuchen Sie zu schlafen. Ich hole Medikamente und komme wieder.
– Die Apotheke ist bestimmt schon geschlossen.
– Man wird mir schon aufmachen.
Lucas läuft bis zum Hauptplatz. Er klingelt bei dem einzigen Apotheker der Stadt. Er klingelt ein paarmal. Schließlich öffnet sich ein Fensterchen in der Holztür, und der Apotheker fragt:
– Was wollen Sie?
– Medikamente gegen Fieber und Schmerzen. Es eilt.
– Haben Sie ein Rezept?
– Ich hatte keine Zeit, einen Arzt zu erreichen.

– Das wundert mich nicht. Das Dumme ist nur, daß es ohne Rezept teuer ist.
– Macht nichts.
Lucas zieht einen Schein aus der Tasche, und der Apotheker bringt ein Röhrchen Tabletten.
Lucas rennt zum Haus der Großmutter. Yasmine und das Kind sind in der Küche. Yasmine sagt:
– Ich habe die Tiere schon versorgt.
– Danke, Yasmine. Kannst du dem Herrn Pfarrer heute abend sein Essen bringen? Ich habe es eilig.
Yasmine sagt:
– Dem Herrn Pfarrer? Den kenne ich nicht und möchte ihn auch nicht kennenlernen.
– Du brauchst den Korb nur auf den Küchentisch zu stellen.
Yasmine schweigt und schaut Lucas an. Lucas wendet sich zu Mathias:
– Heute abend wird Yasmine dir eine Geschichte erzählen.
Das Kind sagt:
– Yasmine kann keine Geschichten erzählen.
– Dann erzählst du ihr eben eine. Und malst mir ein schönes Bild.
– Ja, ein schönes Bild.
Lucas geht wieder zu Clara. Er löst zwei Tabletten in einem Glas Wasser auf und bringt sie Clara.
– Trinken Sie das.
Clara gehorcht. Bald darauf schläft sie ein.
Lucas steigt mit seiner Taschenlampe in den Keller hinunter. In einer Ecke liegt ein kleiner Kohlenhaufen, und ringsherum an den Wänden stehen Säcke. Ein paar sind offen, andere mit Bindfaden zugebunden. Lucas schaut in einen der Säcke, er ist voller Kartoffeln. Er bindet einen anderen Sack auf, darin sind Briketts. Er leert den

Sack auf den Boden, und es fallen vier oder fünf Briketts und etwa zwanzig Bücher heraus. Lucas nimmt eins davon und tut die andern wieder in den Sack. Er geht mit dem Buch und dem Kohleneimer wieder nach oben.
Er setzt sich an Claras Bett und liest.
Am Morgen fragt Clara:
– Sind Sie die ganze Nacht hier geblieben?
– Ja. Ich habe sehr gut geschlafen.
Er macht Tee, gibt Clara ihre Tabletten, macht wieder Feuer. Clara mißt Fieber, sie ist noch nicht fieberfrei.
Lucas sagt:
– Bleiben Sie im Bett. Ich komme gegen Mittag wieder. Was würden Sie gern essen?
Sie sagt:
– Ich habe keinen Hunger. Aber darf ich Sie bitten, beim Gemeindebüro vorbeizugehen und mich krankzumelden?
– Das mache ich schon. Keine Sorge.

Lucas geht beim Gemeindebüro vorbei, kehrt dann nach Hause zurück, schlachtet ein Huhn und kocht es mit Gemüse. Am Mittag bringt er Clara die Bouillon. Sie trinkt ein wenig davon.
Lucas sagt zu ihr:
– Ich bin gestern abend in den Keller gegangen, um Kohlen zu holen. Ich habe die Bücher gesehen. Sie bringen sie in Ihrer Einkaufstasche her, stimmt's?
Sie sagt:
– Ja. Ich kann nicht zusehen, daß *die* alle vernichten.
– Darf ich sie lesen?
– Lesen Sie, was Sie wollen. Aber seien Sie vorsichtig. Ich werde sonst deportiert.
– Ich weiß.

Am späten Nachmittag kommt Lucas nach Hause. Im Garten ist zu dieser Jahreszeit nichts zu tun. Lucas versorgt die Tiere, dann hört er Schallplatten in seinem Zimmer. Das Kind klopft an die Tür, er läßt es herein. Das Kind setzt sich auf das breite Bett und fragt:
– Warum weint Yasmine?
– Sie weint?
– Ja. Fast immerzu. Warum?
– Sagt sie dir nicht warum?
– Ich habe Angst, sie danach zu fragen.
Lucas wendet sich ab, um eine andere Platte aufzulegen:
– Sie weint wahrscheinlich wegen ihres Vaters, der im Gefängnis ist.
– Was ist das, ein Gefängnis?
– Das ist ein großes Haus mit Gitterstäben vor den Fenstern. Darin sperrt man die Menschen ein.
– Warum?
– Aus allen möglichen Gründen. Man behauptet, sie seien gefährlich. Mein eigener Vater war auch eingesperrt.
Das Kind blickt mit seinen großen schwarzen Augen zu Lucas auf:
– Und dich, könnte man dich auch einsperren?
– Ja, mich auch.
Das Kind zieht die Nase hoch, sein kleines Kinn zittert:
– Und mich?
Lucas nimmt es auf den Schoß und gibt ihm einen Kuß:
– Nein, dich nicht. Kinder sperrt man nicht ein.
– Aber wenn ich groß bin?
Lucas sagt:
– Bis dahin haben sich die Verhältnisse geändert, und niemand wird mehr eingesperrt werden.

Das Kind schweigt einen Augenblick, dann fragt es:
– Die eingesperrt sind, können die nie wieder aus dem Gefängnis raus?
Lucas sagt:
– Eines Tages kommen sie raus.
– Der Vater von Yasmine auch?
– Ja, bestimmt.
– Und sie wird dann nicht mehr weinen?
– Nein, sie wird nicht mehr weinen.
– Und dein Vater kommt auch raus?
– Er ist schon raus.
– Wo ist er?
– Er ist tot. Er ist verunglückt.
– Wenn er nicht raus gekommen wäre, wäre er nicht verunglückt.
Lucas sagt:
– Ich muß jetzt fort. Geh wieder in die Küche und sprich nicht mit Yasmine über ihren Vater. Sie würde nur noch mehr weinen. Sei lieb zu ihr und brav.
Auf der Schwelle zur Küche fragt Yasmine:
– Gehst du weg, Lucas?
Lucas bleibt an der Gartentür stehen. Er gibt keine Antwort.
Yasmine sagt:
– Ich möchte nur wissen, ob ich wieder zum Herrn Pfarrer gehen soll.
Lucas antwortet, ohne sich umzudrehen:
– Ja bitte, Yasmine. Ich selbst habe keine Zeit.
Bis zum Freitag verbringt Lucas seine Nächte bei Clara.
Freitag morgen sagt Clara:
– Es geht mir besser. Ich werde Montag wieder arbeiten. Sie brauchen nachts nicht mehr bei mir zu sein. Sie haben mir schon viel Zeit geopfert.
– Was wollen Sie damit sagen, Clara?

– Heute abend möchte ich allein sein.
– *Er* kommt wieder! Stimmt das?
Sie senkt den Blick, ohne zu antworten. Lucas sagt:
– Das können Sie mir nicht antun!
Clara schaut Lucas in die Augen:
– Sie haben mir vorgeworfen, daß ich mich wie eine alte Frau benehme. Sie hatten recht. Ich bin noch jung.
Lucas fragt:
– Wer ist dieser Mann? Warum kommt er nur freitags? Warum heiratet er Sie nicht?
– Er ist verheiratet.
Clara weint. Lucas fragt:
– Warum weinen Sie? Wenn jemand Grund hat zu weinen, dann ich.

Am Abend geht Lucas wieder in die Kneipe. Als sie schließt, wandert er durch die Straßen. Es schneit. Lucas bleibt vor dem Haus von Peter stehen. Die Fenster sind dunkel. Lucas klingelt, niemand reagiert. Lucas klingelt zum zweiten Mal.
Da öffnet sich ein Fenster, und Peter fragt:
– Was ist los?
– Ich bin's, Lucas.
– Warten Sie, Lucas. Ich komme.
Das Fenster wird geschlossen, und bald darauf öffnet sich die Tür. Peter sagt:
– Kommen Sie herein, Sie irrende Seele.
Peter ist im Morgenrock.
Lucas sagt:
– Ich habe Sie geweckt. Verzeihen Sie.
– Das macht nichts. Setzen Sie sich.
Lucas setzt sich in einen Ledersessel:

– Ich habe keine Lust, bei dieser Kälte nach Hause zu gehen. Es ist zu weit, und ich habe getrunken. Kann ich bei Ihnen schlafen?
– Selbstverständlich, Lucas. Legen Sie sich in mein Bett. Ich lege mich auf die Couch.
– Die Couch ist mir lieber. Dann kann ich weggehen, wenn ich wach werde, ohne Sie zu stören.
– Wie Sie wollen, Lucas. Machen Sie es sich bequem. Ich hole eine Decke.
Lucas zieht Joppe und Stiefel aus und legt sich auf die Couch. Peter kommt mit einer dicken Decke zurück. Er deckt Lucas zu, stopft ihm Kissen unter den Kopf und setzt sich neben ihn auf die Couch:
– Was ist los, Lucas? Ist es wegen Yasmine?
Lucas schüttelt den Kopf:
– Zu Hause läuft alles gut. Ich wollte Sie gern sehen.
Peter sagt:
– Das glaube ich Ihnen nicht, Lucas.
Lucas nimmt Peters Hand und drückt sie an seinen Unterleib. Peter zieht seine Hand zurück und steht auf:
– Nein, Lucas. Halten Sie sich raus aus meiner Welt.
Er geht in sein Zimmer und schließt die Tür.
Lucas wartet. Ein paar Stunden später steht er auf, öffnet leise die Tür und tritt an Peters Bett. Peter schläft. Lucas geht aus dem Zimmer, schließt die Tür wieder, zieht seine Stiefel an, nimmt seine Joppe, vergewissert sich, daß die »Waffen« in seiner Tasche sind und schleicht lautlos aus dem Haus. Er geht in die Bahnhofstraße und wartet gegenüber von Claras Haus.
Ein Mann kommt aus dem Haus, Lucas folgt ihm und überholt ihn dann auf der anderen Straßenseite. Um nach Hause zu gelangen, muß der Mann an einem kleinen Park vorbei. Dort versteckt sich Lucas. Er wickelt sich den großen roten Schal, den Yasmine ihm gestrickt

hat, um den Kopf, und als der Mann ankommt, stellt er sich ihm in den Weg. Er erkennt ihn. Es ist einer der Ärzte, die Mathias untersucht haben.
Der Arzt sagt:
– Wer sind Sie? Was wollen Sie?
Lucas packt den Mann beim Mantelkragen und holt ein Rasiermesser aus der Tasche:
– Wenn Sie noch einmal zu ihr gehen, schneide ich Ihnen die Gurgel durch.
– Sie sind total verrückt! Ich komme aus dem Krankenhaus, wo ich Nachtdienst hatte.
– Sparen Sie sich Ihre Lügen. Ich scherze nicht. Ich bin zu allem fähig. Das hier heute ist nur eine Warnung.
Lucas zieht eine mit Kieselsteinen gefüllte Socke aus seiner Jackentasche und versetzt dem Mann damit einen Schlag auf den Kopf, so daß er bewußtlos auf den vereisten Boden sinkt.
Lucas geht wieder zu Peter, legt sich auf die Couch und schläft ein. Peter weckt ihn um sieben Uhr mit Kaffee:
– Ich habe schon mal nach Ihnen gesehen. Ich glaubte, Sie seien nach Hause gegangen.
Lucas sagt:
– Ich habe mich die ganze Nacht nicht von hier weggerührt. Das ist wichtig, Peter.
Peter sieht ihn lange an:
– Abgemacht, Lucas.
Lucas geht nach Hause. Yasmine sagt zu ihm:
– Ein Polizist war hier. Du sollst dich auf dem Kommissariat melden. Was ist los, Lucas?
Mathias sagt:
– Sie werden Lucas ins Gefängnis sperren. Und Lucas kommt nie wieder.
Das Kind kichert. Yasmine packt es am Arm und gibt ihm eine Ohrfeige:

– Willst du wohl still sein?
Lucas entreißt Yasmine das Kind und schließt es in seine Arme. Er wischt ihm die Tränen ab, die ihm übers Gesicht laufen:
– Hab keine Angst, Mathias. Man wird mich nicht einsperren.
Das Kind schaut Lucas durchdringend an. Es weint nicht mehr. Es sagt:
– Schade.

Lucas meldet sich bei der Polizei. Man zeigt ihm das Büro des Kommissars. Lucas klopft an und tritt ein. Clara und der Arzt sitzen dem Polizisten gegenüber.
Der Kommissar sagt:
– Guten Tag, Lucas. Setzen Sie sich.
Lucas setzt sich auf einen Stuhl neben dem Mann, den er vor ein paar Stunden niedergeschlagen hat.
Der Kommissar fragt:
– Erkennen Sie Ihren Angreifer, Herr Doktor?
– Ich bin nicht angegriffen worden, das sage ich noch einmal. Ich bin auf dem Glatteis ausgerutscht.
– Und Sie sind auf den Rücken gefallen. Unsere Polizisten haben Sie auf dem Rücken liegend gefunden. Sonderbar, daß Sie einen Bluterguß an der Stirn haben.
– Ich bin wahrscheinlich vornüber gefallen und habe mich umgedreht, als ich wieder zu Bewußtsein kam.
Der Kommissar sagt:
– Soso. Sie behaupten auch, daß Sie im Krankenhaus Nachtdienst hatten. Nach unseren Erkundigungen haben Sie das Krankenhaus um neun Uhr abends verlassen und die Nacht bei dieser Dame verbracht.
Der Arzt sagt:
– Ich wollte ihren Ruf nicht gefährden.

Der Kommissar wendet sich zu Lucas:
– Die Nachbarinnen dieser Dame haben Sie mehrmals zu ihr gehen sehen.
Lucas sagt:
– Seit einiger Zeit mache ich für sie die Besorgungen. Vor allem letzte Woche, als sie krank war.
– Wir wissen, daß Sie letzte Nacht nicht zu Hause waren. Wo waren Sie?
– Ich war zu müde, um nach Hause zu gehen. Nachdem die Kneipen geschlossen hatten, bin ich zu einem Freund gegangen und die Nacht über bei ihm geblieben. Ich bin um halb acht von ihm weggegangen.
– Wer ist dieser Freund? Ein Kumpan aus der Kneipe vermutlich.
– Nein. Es ist der Parteisekretär.
– Sie behaupten, daß Sie die Nacht beim Parteisekretär verbracht haben?
– Ja. Er hat mir um sieben Uhr Kaffee gemacht.
Der Kommissar geht aus dem Raum.
Der Arzt wendet sich zu Lucas und sieht ihn lange an. Lucas erwidert den Blick. Der Arzt schaut zu Clara, Clara schaut aus dem Fenster. Der Arzt schaut vor sich hin und sagt dann:
– Ich habe Sie nicht verklagt, obwohl ich Sie genau wiedererkenne. Eine Patrouille von Grenzsoldaten hat mich gefunden und hierhergebracht wie einen ordinären Säufer. Das alles ist sehr unangenehm für mich. Ich bitte Sie, größte Diskretion zu bewahren. Ich bin ein Psychiater von internationalem Ruf. Ich habe Kinder.
Lucas sagt:
– Die einzige Lösung ist, die Stadt zu verlassen. Es ist eine kleine Stadt. Früher oder später wird jeder Bescheid wissen. Sogar Ihre Frau.
– Soll das eine Drohung sein?

– Ja.
– Man hat mich in dieses gottverlassene Nest verbannt. Ich kann nicht frei entscheiden, wohin ich gehen will.
– Einerlei wohin. Verlangen Sie Ihre Versetzung.
Der Kommissar kommt mit Peter zurück. Peter sieht Lucas an, dann Clara, dann den Arzt. Der Kommissar sagt:
– Ihr Alibi wurde bestätigt, Lucas.
Er wendet sich zu dem Arzt:
– Ich glaube, Herr Doktor, daß wir es dabei bewenden lassen. Sie sind ausgerutscht, als Sie aus dem Krankenhaus kamen. Damit ist die Sache erledigt.
Der Arzt fragt Peter:
– Kann ich Sie Montag in Ihrem Büro sprechen? Ich möchte fort aus dieser Stadt.
Peter sagt:
– Selbstverständlich. Sie können sich auf mich verlassen.
Der Arzt steht auf, reicht Clara die Hand:
– Es tut mir leid.
Clara wendet den Kopf ab, der Arzt geht hinaus:
– Vielen Dank, meine Herren.
Lucas sagt zu Clara:
– Ich begleite Sie.
Clara geht an ihm vorbei, ohne zu antworten.
Lucas und Peter verlassen ebenfalls das Kommissariat.
Peter sieht Clara fortgehen:
– Es war also ihretwegen.
Lucas sagt:
– Tun Sie alles, was Sie können, Peter, daß dieser Mann versetzt wird. Wenn er in unserer Stadt bleibt, ist er erledigt.
Peter sagt:
– Ich glaube Ihnen. Sie bringen das fertig. Aber keine

Angst, er wird gehen. Wenn sie ihn jedoch liebte, wissen Sie auch, was Sie ihr angetan haben?
Lucas sagt:
– Sie liebt ihn nicht.

Als Lucas vom Kommissariat nach Hause kommt, ist es schon fast Mittag.
Das Kind fragt:
– Hat man dich nicht eingesperrt?
Yasmine sagt:
– Ich hoffe, es war nichts Schlimmes.
Lucas sagt:
– Nein. Es ist alles in Ordnung. Man brauchte mich als Zeugen bei einer Schlägerei.
Yasmine sagt:
– Du solltest mal zum Herrn Pfarrer gehen. Er ißt nicht mehr. Ich fand alles unberührt, was ich ihm gestern und vorgestern gebracht habe.
Lucas nimmt eine Flasche Ziegenmilch und geht zur Pfarrei. Auf dem Küchentisch stehen die eingetrockneten Speisen. Der Herd ist kalt. Lucas geht durch ein leeres Zimmer und betritt, ohne anzuklopfen, das Schlafzimmer. Der Pfarrer liegt in seinem Bett.
Lucas fragt:
– Sind Sie krank?
– Nein, mir ist nur kalt. Mir ist immer kalt.
– Ich habe Ihnen genug Holz gebracht. Warum heizen Sie nicht?
Der Pfarrer sagt:
– Man muß sparen. Mit dem Holz und allem andern.
– Sie sind nur zu faul, um Feuer zu machen.
– Ich bin alt, ich habe keine Kraft mehr.
– Sie haben keine Kraft, weil Sie nichts essen.

– Ich habe keinen Appetit. Seitdem du mir nicht mehr das Essen bringst, habe ich keinen Appetit mehr.
Lucas hält ihm den Morgenrock hin:
– Ziehen Sie sich an und kommen Sie in die Küche.
Er hilft dem Alten, den Morgenrock anzuziehen, er hilft ihm, in die Küche zu gehen, er hilft ihm, sich auf die Bank zu setzen, er schenkt ihm eine Tasse Milch ein.
Der Pfarrer trinkt. Lucas sagt:
– Sie können nicht länger allein leben. Sie sind zu alt dafür.
Der Pfarrer setzt seine Tasse ab und sieht Lucas an:
– Ich gehe fort, Lucas. Meine Vorgesetzten haben mich abberufen. Ich werde mich in einem Kloster ausruhen. Es wird keine Pfarrei mehr geben in dieser Stadt. Der Pfarrer aus der Nachbarstadt wird einmal in der Woche kommen und die Messe lesen.
– Das ist vernünftig. Ich freue mich für Sie.
– Ich werde dieser Stadt nachtrauern. Ich habe fünfundvierzig Jahre hier gelebt.
Nach einer Pause fährt der Pfarrer fort:
– Du hast dich jahrelang um mich gekümmert, als ob du mein Sohn wärst. Ich möchte dir dafür danken. Aber wie kann man für soviel Liebe und soviel Güte danken?
Lucas sagt:
– Danken Sie mir nicht. Ich habe keine Liebe und keine Güte in mir.
– Das glaubst du, Lucas. Ich bin vom Gegenteil überzeugt. Etwas hat dich verletzt, und du bist noch nicht davon geheilt.
Lucas schweigt, der Pfarrer fährt fort:
– Ich habe das Gefühl, daß ich dich in einer besonders schwierigen Phase deines Lebens allein lasse, aber ich werde in Gedanken bei dir sein und unablässig für das

Heil deiner Seele beten. Du bist auf einem schlechten Weg, ich frage mich bisweilen, wie weit du darauf gehen wirst. Bei deiner leidenschaftlichen und gequälten Natur kannst du es weit treiben, bis zum Äußersten, Schlimmsten. Aber ich verliere die Hoffnung nicht. Gottes Barmherzigkeit hat keine Grenzen.
Der Pfarrer steht auf und nimmt Lucas' Gesicht in seine Hände:
– *Gedenke an deinen Schöpfer in deiner Jugend, ehe denn die bösen Tage kommen und die Jahre herzutreten, da du wirst sagen: Sie gefallen mir nicht...*
Lucas senkt den Kopf, seine Stirn berührt die Brust des Alten:
– *ehe denn die Sonne und das Licht, Mond und Sterne finster werden und Wolken wieder kommen...* Das ist der Prediger.
Der magere Körper des Greises wird von einem Schluchzen geschüttelt:
– Ja. Du hast es wiedererkannt. Du erinnerst dich noch. In deiner Kindheit kanntest du ganze Seiten der Bibel auswendig. Hast du jetzt Zeit, manchmal darin zu lesen?
Lucas macht sich los:
– Ich habe viel Arbeit. Und ich habe andere Bücher zu lesen.
Der Pfarrer sagt:
– Ich verstehe. Ich verstehe auch, daß meine Predigten dich langweilen. Geh jetzt und komm nicht wieder. Ich fahre morgen mit dem ersten Zug.
Lucas sagt:
– Ich wünsche Ihnen Ruhe und Frieden, mein Vater.
Er kommt nach Hause und sagt zu Yasmine:
– Der Herr Pfarrer fährt morgen weg. Es ist nicht mehr nötig, ihm Essen zu bringen.

Das Kind fragt:
– Fährt er weg, weil du ihn nicht mehr liebst? Yasmine und ich gehen auch weg, wenn du uns nicht mehr liebst.
Yasmine sagt:
– Sei still, Mathias!
Das Kind schreit:
– Das hat sie selbst gesagt! Aber du liebst uns doch, nicht wahr, Lucas?
Lucas nimmt ihn in seine Arme:
– Natürlich, Mathias.

Bei Clara brennt das Feuer im Wohnzimmerofen. Die Tür zum Schlafzimmer steht halb offen.
Lucas tritt ins Schlafzimmer. Clara liegt im Bett, mit einem Buch in der Hand. Sie erblickt Lucas, schließt das Buch, legt es auf den Nachttisch.
Lucas sagt:
– Verzeihung, Clara.
Clara schlägt die Bettdecke zurück, unter der sie liegt. Sie ist nackt. Sie starrt Lucas weiterhin an:
– Das wollten Sie doch, oder?
– Ich weiß nicht. Ich weiß es wirklich nicht, Clara.
Clara knipst die Nachttischlampe aus:
– Worauf warten Sie?
Lucas knipst die Schreibtischlampe an und richtet sie aufs Bett. Clara schließt die Augen.
Lucas kniet am Bettende nieder, er drückt Claras Beine auseinander, dann die Schamlippen. Es rinnt ein wenig Blut daraus hervor. Lucas beugt sich vor, leckt es auf, trinkt das Blut. Clara stöhnt, ihre Hände krallen sich in Lucas' Haar.
Lucas zieht sich aus, legt sich auf Clara, dringt in sie ein, schreiend. Später steht Lucas auf, öffnet das Fenster.

Draußen schneit es. Lucas kehrt ins Bett zurück, Clara nimmt ihn in ihre Arme. Lucas zittert. Sie sagt:
– Beruhige dich.
Sie streichelt Lucas' Haar, Lucas' Gesicht. Er fragt:
– Sind Sie mir nicht böse wegen des anderen?
– Nein. Es ist besser, daß er fortgeht.
Lucas sagt:
– Ich wußte, daß Sie ihn nicht lieben. Sie waren so unglücklich letzte Woche, als Sie in die Kneipe kamen.
Clara sagt:
– Ich habe ihn im Krankenhaus kennengelernt. Er hat mich behandelt, als ich im Sommer eine neue Depression hatte. Die vierte seit Thomas' Tod.
– Träumen Sie oft von Thomas?
– Jede Nacht. Aber nur von seiner Hinrichtung. Von dem glücklichen, lebendigen Thomas nie.
– Lucas sagt:
– Ich sehe meinen Bruder überall. In meinem Zimmer, im Garten, neben mir auf der Straße. Er spricht mit mir.
– Was sagt er?
– Er sagt, daß er in einer tödlichen Einsamkeit lebt.
Lucas schläft in Claras Armen ein. Mitten in der Nacht dringt er noch einmal in sie ein, ganz sanft, ganz langsam, wie in einem Traum.
Von da an verbringt Lucas all seine Nächte bei Clara. Der Winter ist in diesem Jahr sehr kalt. Fünf Monate sieht man die Sonne nicht. Ein eisiger Nebel steht über der leeren Stadt, der Boden ist gefroren, der Bach auch. In der Küche von Großmutters Haus brennt das Feuer ununterbrochen. Das Brennholz wird rasch weniger. Jeden Nachmittag geht Lucas in den Wald, um Holz zu holen, das er zum Trocknen neben den Herd legt.
Die Küchentür steht halb offen, damit das Zimmer von

Yasmine und dem Kind warm wird. Lucas' Zimmer ist nicht geheizt.
Wenn Yasmine im Zimmer näht oder strickt, setzt Lucas sich mit dem Kind auf den großen Teppich, den Yasmine angefertigt hat und der den Küchenboden bedeckt, und sie spielen zusammen mit dem Hund und der Katze. Sie betrachten Bilderbücher, sie malen. Auf einer Rechenmaschine bringt Lucas Mathias das Rechnen bei.
Yasmine bereitet die Abendmahlzeit. Sie sitzen alle drei auf der Eckbank in der Küche. Sie essen Kartoffeln, trockene Bohnen oder Kohl. Dem Kind schmecken diese Gerichte nicht, es ißt wenig. Lucas streicht ihm Brote mit Marmelade.
Nach dem Essen wäscht Yasmine ab. Lucas bringt das Kind ins Schlafzimmer, zieht es aus, legt es zu Bett und erzählt ihm eine Geschichte. Wenn das Kind eingeschlafen ist, geht Lucas zu Clara, am anderen Ende der Stadt.

4

Die Kastanienbäume in der Bahnhofstraße stehen in Blüte. Ihre weißen Blütenblätter liegen so dicht auf der Erde, daß Lucas nicht einmal das Geräusch seiner Schritte hört. Er kommt zu früher Morgenstunde von Clara nach Hause.

Das Kind sitzt auf der Eckbank in der Küche. Lucas sagt:

– Es ist erst fünf Uhr. Warum stehst du so früh auf?

Das Kind fragt:

– Wo ist Yasmine?

– Sie ist fortgegangen, in die große Stadt. Sie langweilte sich hier.

Das Kind reißt seine schwarzen Augen weit auf:

– Fortgegangen? Ohne mich?

Lucas wendet sich ab und macht Feuer im Herd. Das Kind fragt:

– Wird sie zurückkommen?
– Nein, ich glaube nicht.
Lucas gießt Ziegenmilch in einen Topf und macht sie warm.
Das Kind fragt:
– Warum hat sie mich nicht mitgenommen? Sie hatte mir versprochen, daß sie mich mitnimmt.
Lucas sagt:
– Sie hat gedacht, es sei besser für dich hier bei mir, und das glaube ich auch.
Das Kind sagt:
– Es ist nicht besser für mich hier bei dir. Es wäre überall besser für mich, mit ihr zusammen.
Lucas sagt:
– Für ein Kind ist es in einer großen Stadt nicht schön. Es gibt dort keinen Garten und keine Tiere.
Das Kind sagt:
– Aber meine Mutter.
Es schaut aus dem Fenster. Als es sich umdreht, ist sein kleines Gesicht vor Schmerz verzerrt:
– Sie liebt mich nicht, weil ich verwachsen bin. Darum hat sie mich hiergelassen.
– Das ist nicht wahr, Mathias. Sie liebt dich von ganzem Herzen. Das weißt du doch.
– Dann wird sie auch kommen und mich holen.
Das Kind schiebt seine Tasse und seinen Teller beiseite und geht aus der Küche. Lucas gießt den Garten. Die Sonne geht auf.
Der Hund schläft unter einem Baum, das Kind geht mit einem Stock in der Hand auf ihn zu. Lucas beobachtet das Kind. Es hebt den Stock und schlägt den Hund. Der Hund nimmt jaulend Reißaus. Das Kind sieht Lucas an:
– Ich mag keine Tiere. Ich mag auch keine Gärten.
Das Kind schlägt mit seinem Stock auf die Salatköpfe,

die Tomaten, die Zucchini, die Bohnen und die Blumen. Lucas schaut zu, ohne etwas zu sagen.
Das Kind geht wieder ins Haus und legt sich in Yasmines Bett. Lucas geht zu ihm und setzt sich auf die Bettkante:
– Du bist also ganz unglücklich, daß du bei mir bleiben mußt? Warum?
Das Kind starrt zur Decke hinauf:
– Weil ich dich hasse.
– Du haßt mich?
– Ja, ich habe dich immer gehaßt.
– Das wußte ich nicht. Kannst du mir sagen warum?
– Weil du groß und schön bist, und weil ich glaube, daß Yasmine dich liebt. Aber wenn sie weggegangen ist, dann liebte sie dich auch nicht. Ich hoffe, du bist genauso unglücklich wie ich.
Lucas hält sich den Kopf mit beiden Händen. Das Kind fragt:
– Weinst du?
– Nein, ich weine nicht.
– Aber du bist traurig wegen Yasmine?
– Nein, nicht wegen Yasmine. Deinetwegen. Ich bin traurig, weil du traurig bist.
– Ist das wahr? Meinetwegen? Das ist ganz richtig so.
Es lächelt:
– Dabei bin ich nur ein kleiner Krüppel, aber Yasmine ist schön.
Kurz darauf fragt das Kind:
– Wo ist eigentlich deine Mutter?
– Sie ist tot.
– Sie war zu alt, darum ist sie wohl tot?
– Nein. Sie ist tot, weil Krieg war. Eine Granate hat sie getötet, sie und ihr Baby, das meine kleine Schwester war.

– Wo sind sie jetzt?
– Die Toten sind nirgends und überall.
Das Kind sagt:
– Sie sind in der Dachkammer. Ich habe sie gesehen. Das große Dings aus Knochen und das kleine Dings aus Knochen.
Lucas fragt leise:
– Du warst in der Dachkammer? Wie bist du da hinaufgekommen?
– Ich bin raufgeklettert. Es ist ganz einfach. Ich werde es dir zeigen.
Lucas schweigt. Das Kind sagt:
– Hab keine Angst, ich sage es niemandem. Ich will nicht, daß jemand sie uns wegnimmt. Ich liebe sie.
– Du liebst sie?
– Ja. Vor allem das Baby. Es ist häßlicher und kleiner als ich. Und es wird nie größer werden. Ich wußte nicht, daß es ein Mädchen ist. Man weiß das nicht, wenn die nur aus Knochen sind, diese Dinger.
– Diese Dinger nennt man Skelette.
– Ja. Skelette. Ich habe auch welche in dem großen Buch gesehen, das ganz oben in deinem Bücherschrank steht.

Lucas und das Kind sind im Garten. Von der Tür der Dachkammer hängt ein Seil herunter, genau bis zu Lucas' ausgestrecktem Arm. Er sagt zum Kind:
– Zeig mir, wie du da hinaufkommst.
Das Kind zieht die Gartenbank heran, die etwas weiter weg, unter dem Fenster von Lucas' Zimmer steht. Es klettert auf die Bank, springt, schnappt sich das Seil, verlangsamt das Schaukeln, indem es sich mit den Füßen gegen die Mauer stemmt, und zieht sich dann mit Hilfe seiner Arme und Beine bis zur Dachkammertür hinauf.

Lucas folgt ihm. Sie setzen sich auf den Strohsack und betrachten die Skelette, die an einem Balken hängen.
Das Kind fragt:
– Das Skelett von deinem Bruder hast du wohl nicht behalten?
– Wer hat dir gesagt, daß ich einen Bruder hatte?
– Niemand. Ich habe gehört, wie du mit ihm sprichst. Du sprichst mit ihm, und er ist nirgends und überall, also ist er auch tot.
Lucas sagt:
– Nein, er ist nicht tot. Er ist in ein anderes Land gezogen. Er wird wiederkommen.
– Wie Yasmine. Sie wird auch wiederkommen.
– Ja, mit meinem Bruder ist es genauso wie mit deiner Mutter.
Das Kind sagt:
– Das ist der einzige Unterschied zwischen den Toten und denen, die weggegangen sind, stimmt's? Die nicht tot sind, kommen zurück.
Lucas sagt:
– Aber woher soll man wissen, daß sie nicht gestorben sind unterdessen?
– Das kann man nicht wissen.
Das Kind schweigt einen Augenblick und fragt dann:
– Wie war das für dich, als dein Bruder fortging?
– Ich wußte nicht, wie ich weiterleben sollte ohne ihn.
– Und jetzt, weißt du es jetzt?
– Ja. Seitdem du da bist, weiß ich es.
Das Kind öffnet die Truhe:
– Die großen Hefte in der Truhe, was sind das für welche?
Lucas macht die Truhe wieder zu:
– Die haben nichts zu bedeuten. Großer Gott! Ein Glück, daß du noch nicht lesen kannst.

Das Kind lacht:
– Da täuschst du dich. Was gedruckt ist, kann ich schon lesen. Sieh nur.
Er macht die Truhe wieder auf und holt die alte Bibel der Großmutter hervor. Er liest Wörter, ganze Sätze.
Lucas fragt:
– Wo hast du lesen gelernt?
– In den Büchern natürlich. In meinen und in deinen.
– Mit Yasmine?
– Nein, ganz allein. Yasmine liest nicht gern. Sie hat gesagt, daß ich nie zur Schule gehen werde. Aber ich gehe doch bald, nicht wahr, Lucas?
Lucas sagt:
– Ich könnte dir alles beibringen, was man wissen muß.
Das Kind sagt:
– Mit sechs muß man in die Schule.
– Du nicht. Man kann dich freistellen lassen.
– Weil ich verwachsen bin, was? Ich will von deiner Freistellung nichts wissen. Ich will zur Schule gehen wie die andern Kinder.
Lucas sagt:
– Wenn du das willst, dann sollst du auch hin. Aber warum willst du das?
– Weil ich weiß, daß ich in der Schule der stärkste und klügste sein werde.
Lucas lacht:
– Und sicherlich auch der eitelste. Ich habe die Schule immer gehaßt. Ich tat so, als wäre ich taub, um nicht hingehen zu müssen.
– Das hast du getan?
– Ja. Hör zu, Mathias. Du kannst hier raufklettern, wann du willst. Du kannst auch in mein Zimmer gehen, sogar wenn ich nicht da bin. Du kannst die Bibel

lesen, das Wörterbuch, die ganze Enzyklopädie, wenn du willst. Aber die Hefte liest du mir nicht, Satansbrut.
Er fügt hinzu:
– So nannte uns die Großmutter: »Satansbrut«.
– Wieso »euch«? Dich und wen noch? Dich und deinen Bruder?
– Ja. Meinen Bruder und mich.
Sie klettern von der Dachkammer wieder nach unten und gehen in die Küche. Lucas bereitet das Essen. Das Kind fragt:
– Wer wird abwaschen, die Wäsche waschen und uns Sachen nähen?
– Wir beide. Zusammen. Du und ich.
Sie essen. Lucas beugt sich aus dem Fenster und erbricht sich. Er dreht sich um, mit schweißtriefendem Gesicht, und sinkt auf den Küchenboden.
Das Kind schreit:
– Tu das nicht, Lucas, tu das nicht!
Lucas schlägt die Augen auf:
– Schrei nicht, Mathias. Hilf mir hoch.
Das Kind zieht ihn am Arm, Lucas klammert sich an den Tisch. Auf unsicheren Beinen verläßt er die Küche und setzt sich auf die Gartenbank. Das Kind steht vor ihm und schaut ihn an:
– Was hast du, Lucas? Du warst einen Augenblick wie tot!
– Nein, mir war nur übel wegen der Hitze.
Das Kind fragt:
– Es macht doch nichts, daß sie fortgegangen ist, nicht wahr? Das ist doch nicht schlimm, sag? Du wirst doch nicht sterben deshalb?
Lucas antwortet nicht, das Kind setzt sich zu seinen Füßen, umschlingt seine Beine und legt seinen schwarzen Lockenkopf in Lucas' Schoß:
– Vielleicht werde ich später mal dein Sohn.

Als das Kind eingeschlafen ist, steigt Lucas wieder zur Dachkammer hinauf. Er nimmt die Hefte aus der Truhe, wickelt sie in ein Stück Sackleinen und geht in die Stadt. Er klingelt bei Peter.

– Bitte bewahren Sie das für mich auf, Peter.

Er legt das Paket auf den Wohnzimmertisch.

Peter fragt:

– Was ist das?

Lucas schiebt den Stoff beiseite:

– Schulhefte.

Peter nickt:

– Das hatte Victor mir schon gesagt. Sie schreiben. Sie kaufen ungeheuer viel Papier und Bleistifte. Seit Jahren: Bleistifte, karierte Blätter und große Schulhefte. Schreiben Sie ein Buch?

– Nein, kein Buch. Ich mache mir nur Notizen.

Peter hält abwägend die Hefte in seinen Händen:

– Notizen! Ein halbes Dutzend dicke Hefte.

– Das sammelt sich an mit den Jahren. Dabei streiche ich viel. Nur das unbedingt Notwendige lasse ich stehen.

Peter fragt:

– Warum wollen Sie die Hefte verstecken? Wegen der Polizei?

– Der Polizei? Ach was! Wegen des Kindes. Es fängt an zu lesen und schnüffelt überall herum. Ich möchte nicht, daß es die Hefte liest.

Peter lächelt:

– Und die Mutter des Kindes soll sie wohl auch nicht lesen?

Lucas sagt:

– Yasmine ist nicht mehr bei mir. Sie ist fortgegangen. Die große Stadt war immer ihr Traum. Ich habe ihr Geld gegeben.

– Und sie hat Ihnen ihr Kind dagelassen?

– Ich wollte das Kind behalten.
Peter zündet sich eine Zigarette an und betrachtet Lucas, ohne etwas zu sagen.
Lucas fragt:
– Können Sie diese Hefte bei sich aufbewahren oder nicht?
– Selbstverständlich kann ich das.
Peter wickelt die Hefte wieder ein und bringt sie in sein Schlafzimmer. Als er zurückkommt, sagt er:
– Ich habe sie unter meinem Bett versteckt. Morgen werde ich ein besseres Versteck für sie finden.
Lucas sagt:
– Danke, Peter.
Peter lacht:
– Danken Sie mir nicht. Ihre Hefte interessieren mich.
– Haben Sie die Absicht, sie zu lesen?
– Selbstverständlich. Wenn ich sie nicht lesen sollte, hätten Sie sie ja Clara bringen können.
Lucas steht auf:
– Nur das nicht! Clara liest alles, was lesbar ist. Aber ich könnte sie Victor anvertrauen.
– In dem Fall würde ich sie bei Victor lesen. Er kann mir nichts abschlagen. Übrigens wird er bald fortziehen. Er will zurück in seine Heimatstadt, zu seiner Schwester. Er hat vor, sein Haus und die Buchhandlung zu verkaufen.
Lucas sagt:
– Geben Sie mir die Hefte zurück. Ich werde sie irgendwo im Wald vergraben.
– Ja, graben Sie sie ein. Oder, besser noch, verbrennen Sie sie. Nur so wird niemand sie lesen.
Lucas sagt:
– Ich muß sie aufbewahren. Für Claus. Diese Hefte sind für Claus. Einzig und allein für ihn.

Peter stellt das Radio an. Er sucht lange, bis er eine sanfte Musik findet:
– Setzen Sie sich wieder, Lucas, und sagen Sie mir, wer ist Claus?
– Mein Bruder.
– Ich wußte nicht, daß Sie einen Bruder haben. Sie haben nie von ihm gesprochen. Niemand hat ihn mir gegenüber je erwähnt, nicht mal Victor, der Sie seit Ihrer Kindheit kennt.
Lucas sagt:
– Mein Bruder lebt seit vielen Jahren auf der anderen Seite der Grenze.
– Wie ist er rübergekommen? Es soll ganz unmöglich sein.
– Er ist rübergegangen und damit basta.
Nach kurzem Schweigen fragt Peter:
– Stehen Sie noch in Verbindung mit ihm?
– Was meinen Sie mit Verbindung?
– Was jeder damit meint. Schreibt er Ihnen? Schreiben Sie ihm?
– Ich schreibe ihm jeden Tag in diesen Heften. Er macht es bestimmt ebenso.
– Aber Sie bekommen nie einen Brief von ihm?
– Er kann mir keine Briefe von drüben schicken.
– Es kommen viele Briefe von der anderen Seite hier an. Hat Ihr Bruder Ihnen nie geschrieben, seitdem er fort ist? Hat er Ihnen keine Adresse mitgeteilt?
Lucas schüttelt den Kopf, steht wieder auf:
– Sie glauben, daß er tot ist, nicht wahr? Aber Claus ist nicht tot. Er lebt und wird zurückkommen.
– Ja, Lucas. Ihr Bruder wird zurückkommen. Was die Hefte betrifft, so hätte ich Ihnen versprechen können, sie nicht zu lesen, aber Sie hätten mir nicht geglaubt.

– Sie haben recht, ich hätte Ihnen nicht geglaubt. Ich wußte, daß Sie nicht umhin können würden, sie zu lesen. Ich wußte es, als ich herkam. Lesen Sie sie also. Mir ist lieber, daß Sie sie lesen als Clara oder irgend jemand anders.

Peter sagt:

– Das verstehe ich auch wieder nicht: Ihr Verhältnis zu Clara. Sie ist doch viel älter als Sie.

– Das Alter spielt keine Rolle. Ich bin ihr Liebhaber. Das wollten Sie doch wissen?

– Nein, das ist nicht alles. Das wußte ich schon. Aber lieben Sie Clara?

Lucas öffnet die Tür:

– Ich weiß nicht, was das Wort bedeutet. Niemand weiß es. So eine Frage hatte ich von Ihnen nicht erwartet, Peter.

– Und doch werden Ihnen solche Fragen noch oft in Ihrem Leben gestellt werden. Und manchmal werden Sie darauf antworten müssen.

– Und Sie, Peter? Auch Sie werden einmal auf gewisse Fragen antworten müssen. Ich war ein paarmal auf Ihren politischen Versammlungen. Sie halten Reden, der Saal klatscht Ihnen Beifall. Glauben Sie im Ernst an das, was Sie sagen?

– Ich muß daran glauben.

– Aber wie denken Sie in Ihrem tiefsten Innern darüber?

– Ich denke nicht. Ich kann mir einen solchen Luxus nicht erlauben. Die Angst steckt in mir seit meiner Kindheit.

Clara steht am Fenster und schaut in den Garten, der schon im Dunkel liegt. Sie dreht sich nicht um, als Lucas ins Zimmer kommt. Sie sagt:

– Der Sommer ist fürchterlich. Im Sommer ist der Tod ganz nah. Alles trocknet aus, erstickt, erstarrt. Es ist schon vier Jahre her, daß *sie* Thomas umgebracht haben. Im August, eines Morgens sehr früh, im Morgengrauen. Da haben *sie* ihn gehängt. Das Schlimme ist, daß *sie* es jeden Sommer wieder machen. Wenn Sie bei Morgengrauen nach Hause gehen, trete ich ans Fenster und sehe *sie*. Sie machen es wieder, und doch kann man denselben Menschen nicht mehrmals umbringen.

Lucas küßt Clara in den Nacken:

– Was haben Sie, Clara? Was haben Sie heute?

– Heute habe ich einen Brief bekommen. Einen offiziellen Brief. Er liegt da, auf meinem Schreibtisch, Sie können ihn lesen. *Sie* teilen mir mit, daß Thomas rehabilitiert und seine Schuldlosigkeit anerkannt ist. Ich habe nie an seiner Schuldlosigkeit gezweifelt. *Sie* schreiben: »Ihr Mann ist unschuldig, wir haben ihn irrtümlich hingerichtet. Wir haben mehrere Personen irrtümlich hingerichtet, aber von jetzt an hat alles wieder seine Ordnung, wir bitten um Entschuldigung und versprechen, daß solche Versehen nicht mehr vorkommen werden.« *Sie* morden und *sie* rehabilitieren. *Sie* entschuldigen sich, aber Thomas ist tot! Können *sie* ihn wieder lebendig machen? Können *sie* die Nacht ungeschehen machen, in der mein Haar weiß wurde und mich der Wahnsinn packte? –

In jener Sommernacht war ich allein in der Wohnung, in der Thomas und ich zusammen wohnten. Ich war seit mehreren Monaten allein dort. Kaum hatte man Thomas eingesperrt, da wollte, ja, da konnte, da wagte niemand mehr, mich zu besuchen. Ich war schon an das Alleinsein gewöhnt, es hatte nichts Ungewöhnliches, daß ich allein war. Ich schlief nicht, aber auch das war nicht ungewöhnlich. Ungewöhnlich war, daß ich in der Nacht nicht weinte. Am Vorabend hatte der Rundfunk die Hinrichtung mehrerer Personen wegen Landesverrat bekanntgegeben. Aus den Namen hatte ich deutlich den von Thomas herausgehört. Um drei Uhr früh, zur Stunde der Hinrichtung, sah ich auf die Uhr. Ich habe bis sieben Uhr auf die Uhr geschaut, dann bin ich zur Arbeit gegangen, in einer großen Bibliothek der Hauptstadt. Ich habe mich an meinen Schreibtisch gesetzt, im Lesesaal, wo ich Dienst tat. Meine Kolleginnen sind eine nach der andern zu mir gekommen, ich hörte sie flüstern: »Sie ist gekommen!« »Habt Ihr ihr Haar gesehen?« Ich bin weggegangen, raus aus der Bibliothek, und in den Straßen herumgelaufen bis zum Abend, ich habe mich verirrt, ich wußte nicht mehr, in welchem Viertel ich war, obwohl ich die Stadt doch gut kannte. Ich bin im Taxi nach Hause gefahren. Um drei Uhr früh habe ich aus dem Fenster geschaut, und da habe ich *sie* gesehen: *sie* hängten Thomas an der Fassade des gegenüberliegenden Hauses. Ich habe gebrüllt. Nachbarn sind gekommen. Ein Krankenwagen hat mich ins Hospital gebracht. Und jetzt sagen *sie*, daß es nur ein Irrtum war. Thomas' Hinrichtung, meine Krankheit, die Monate im Krankenhaus, mein weißes Haar – alles nur ein Irrtum. Dann sollen *sie* mir Thomas zurückgeben, lebendig, lächelnd. Den Thomas, der mich in seine Arme nahm, mir mein Haar streichelte, mein Gesicht in seine warmen Hände nahm und mich küßte, meine Augen, meine Ohren, meinen Mund.

Lucas packt Clara bei den Schultern und dreht sie zu sich herum:

– Wann hören Sie endlich auf, mir von Thomas zu erzählen?

– Nie. Nie werde ich aufhören, von Thomas zu erzäh-

len. Und Sie? Wann werden Sie anfangen, mir von Yasmine zu erzählen?
Lucas sagt:
– Da gibt es nichts zu erzählen. Erst recht nicht jetzt, wo sie nicht mehr da ist.
Clara schlägt Lucas ins Gesicht, sie zerkratzt ihm den Hals, die Schultern. Sie schreit:
– Sie ist nicht mehr da? Wo ist sie denn? Was haben Sie mit ihr gemacht?
Lucas zerrt Clara zum Bett und legt sich auf sie:
– Ruhig, ruhig. Yasmine ist in die große Stadt gezogen. Das ist alles.
Clara drückt Lucas an sich:
– *Sie* werden mich von dir trennen, so wie *sie* mich von Thomas getrennt haben. *Sie* werden dich einsperren, aufhängen.
– Nein, damit ist Schluß. Vergessen Sie Thomas, das Gefängnis und den Strick.
Im Morgengrauen steht Lucas auf:
– Ich muß nach Hause. Das Kind wacht früh auf.
– Yasmine hat ihr Kind hiergelassen?
– Es ist ein verkrüppeltes Kind. Was hätte sie in der großen Stadt damit machen sollen?
Clara sagt noch einmal:
– Wie konnte sie es nur dalassen?
Lucas sagt:
– Sie wollte es mitnehmen. Ich habe es ihr verboten.
– Verboten? Wie kommen Sie dazu? Es ist doch ihr Kind. Es gehört ihr.
Clara sieht zu, wie Lucas sich wieder anzieht. Sie sagt:
– Yasmine ist weggegangen, weil Sie sie nicht liebten.
– Ich habe ihr geholfen, als sie in Not war. Ich habe ihr nichts versprochen.

– Mir haben Sie auch nichts versprochen.
Lucas geht nach Hause, um für Mathias das Frühstück zurechtzumachen.

Lucas betritt die Buchhandlung, Victor fragt ihn:
– Brauchen Sie Papier oder Bleistifte, Lucas?
– Nein. Ich möchte mit Ihnen reden. Peter hat mir gesagt, daß Sie Ihr Haus verkaufen wollen.
Victor seufzt:
– In unserer Zeit hat niemand mehr genug Geld, um ein Haus mit einem Laden zu kaufen.
Lucas sagt:
– Ich würde es gern kaufen.
– Sie, Lucas? Und womit, mein Kleiner?
– Mit dem Erlös von Großmutters Haus. Die Armee bietet mir einen guten Preis.
– Ich fürchte, das wird nicht ausreichen, Lucas.
– Ich besitze auch ein großes Grundstück. Und noch anderes mehr. Wertsachen, die ich von Großmutter geerbt habe.
Victor sagt:
– Kommen Sie heute abend zu mir in die Wohnung. Ich lasse die Haustür offen.
Am Abend steigt Lucas die kleine dunkle Treppe hinauf, die zu der Wohnung über der Buchhandlung führt. Er klopft an eine Tür, unter der ein wenig Licht hervorscheint.
Victor ruft:
– Herein, Lucas!
Lucas tritt in ein Zimmer, in dem trotz des offenen Fensters die Rauchschwaden zahlreicher Zigarren hängen. Die Zimmerdecke ist braun vor Dreck, die Tüllvorhänge sind vergilbt. Das Zimmer ist vollgestellt mit al-

ten Möbeln, Sofas, Kanapees, Tischchen, Lampen und Nippes. Die Wände sind vollgehängt mit Bildern und Stichen, und auf dem Fußboden liegen abgewetzte Teppiche übereinander.
Victor sitzt am Fenster an einem Tisch, auf dem eine rote Plüschdecke liegt. Auf dem Tisch stehen Zigarren- und Zigarettenschachteln und alle möglichen Aschenbecher voller Kippen neben Gläsern und einer Karaffe, die zur Hälfte mit einer gelblichen Flüssigkeit gefüllt ist.
– Treten Sie näher, Lucas. Setzen sie sich und trinken Sie ein Glas mit mir.
Lucas setzt sich, Victor schenkt ihm etwas zu trinken ein, leert sein eigenes Glas und füllt es von neuem:
– Ich würde Ihnen gern einen erstklassigen Schnaps einschenken, zum Beispiel von dem Aprikosenschnaps, den meine Schwester mir mitgebracht hat, als sie mich besuchen kam, aber leider ist nichts mehr davon übrig. Meine Schwester war im Juli hier, und wie Sie wohl noch wissen, war es sehr heiß. Ich mag keine Hitze, ich mag keinen Sommer. Einen regnerischen, kühlen Sommer, ja, aber die Hitze macht mich glattweg krank. – Bei ihrer Ankunft hatte mir meine Schwester einen Liter Aprikosenschnaps mitgebracht, den man bei uns zulande trinkt. Meine Schwester glaubte wahrscheinlich, daß die Flasche für das ganze Jahr reichen würde, oder wenigstens bis Weihnachten. In Wahrheit hatte ich schon am ersten Abend die halbe Flasche ausgetrunken. Weil ich mich schämte, habe ich zuerst die Flasche versteckt, dann habe ich eine von schlechterer Qualität gekauft – anderen bekommt man ja nicht – und habe damit die Flasche meiner Schwester aufgefüllt. Dann habe ich sie an einen auffälligen Platz gestellt, da, Ihnen gegenüber auf die Kredenz. –
So trank ich jeden Abend insgeheim einen miesen Apri-

kosenschnaps, ohne meine Schwester zu beunruhigen, denn ihre Flasche, die so auffällig dastand, blieb fast gleich voll. Ein oder zweimal goß ich mir der Glaubwürdigkeit wegen ein ganz kleines Glas von diesem Schnaps ein und tat, als schmeckte er mir besonders gut, obwohl er schon nicht mehr der echte unverfälschte war. –
Ich wartete ungeduldig, daß meine Schwester wieder abreiste. Sie störte mich nicht, im Gegenteil. Sie kochte für mich, stopfte meine Socken, flickte meine Kleider und putzte die Küche und alles, was schmutzig war. Sie war mir also nützlich, und außerdem unterhielten wir uns nach Ladenschluß sehr angenehm bei einer guten Mahlzeit. Sie schlief in dem kleinen Zimmer, hier nebenan. Sie ging früh zu Bett, sie verhielt sich ruhig. Ich hatte die ganze Nacht für mich, um in meinem Zimmer auf und ab zu gehen und auch in der Küche und im Flur. Sie müssen wissen, Lucas, daß ich meine Schwester über alles liebe. Unser Vater und unsere Mutter sind gestorben, als wir noch jung waren, vor allem ich, denn ich war noch ein Kind. Meine Schwester war etwas älter, fünf Jahre älter. Wir lebten bei entfernten Verwandten, Onkeln und Tanten, aber ich kann Ihnen versichern, daß es im Grunde meine Schwester war, die mich erzogen hat. –
Meine Liebe für sie hat mit der Zeit nicht abgenommen. Sie können sich nicht vorstellen, welche Freude ich empfand, als ich sie aus dem Zug steigen sah. Ich hatte sie seit zwölf Jahren nicht mehr gesehen. Es waren die Kriegsjahre, es war die Zeit der Armut, der Grenzzone. Wenn sie beispielsweise ein wenig Geld für die Reise zusammensparen konnte, bekam sie keine Genehmigung für die Zone, und so weiter. Ich selbst habe immer sehr wenig Geld flüssig, und ich kann die Buchhandlung nicht einfach schließen, wann ich will. Sie wiederum

kann ihre Kundinnen nicht plötzlich allein lassen. Sie ist Schneiderin, und die Frauen brauchen eine Schneiderin, sogar in Notzeiten. Gerade in Notzeiten, wenn sie sich keine neuen Kleider kaufen können. Die Frauen haben meiner Schwester in den Notzeiten Unglaubliches abverlangt. Aus der Hose eines verstorbenen Ehemannes einen kurzen Rock machen, aus seinen Hemden eine Bluse, und für die Kleidung der Kinder mußte jeder nur denkbare Stoff herhalten. –

Als meine Schwester schließlich das nötige Geld zusammen hatte und auch die nötigen Papiere und Genehmigungen, hat sie mir ihr Kommen per Brief angekündigt.

Victor steht auf und schaut aus dem Fenster:

– Es ist doch noch nicht zehn Uhr, oder?

Lucas sagt:

– Nein, noch nicht.

Victor setzt sich wieder hin, schenkt ein und zündet sich eine Zigarre an:

– Ich erwartete meine Schwester am Bahnhof. Es war das erste Mal, daß ich am Bahnhof jemanden erwartete. Ich war entschlossen, die Ankunft mehrerer Züge abzuwarten, wenn es sein müßte. Meine Schwester kam erst mit dem letzten Zug. Sie war den ganzen Tag unterwegs gewesen. Natürlich habe ich sie sofort wiedererkannt, aber sie war dermaßen anders als das Bild, das ich von ihr in Erinnerung hatte! Sie war ganz klein geworden. Zierlich war sie immer gewesen, aber doch nicht so. Ihr nicht gerade schönes Gesicht war jetzt von hunderten winziger Fältchen durchzogen. Mit einem Wort, sie war sehr gealtert. Natürlich sagte ich nichts davon, ich behielt meine Beobachtungen für mich, während sie anfing zu weinen und sagte: »O Victor! Wie hast du dich verändert! Ich erkenne dich kaum

wieder. Du bist dick geworden, du hast fast keine Haare mehr auf dem Kopf, und du wirkst furchtbar ungepflegt.« –
Ich habe ihre Koffer genommen. Sie waren schwer, vollgepackt mit Marmeladen, Würsten und Aprikosenschnaps. Sie hat alles in der Küche ausgepackt. Sie hatte sogar Bohnen aus dem Garten mitgebracht. Ich habe sofort den Schnaps probiert. Während sie die Bohnen kochte, habe ich fast ein Viertel der Flasche ausgetrunken. Nach dem Abwaschen ist sie zu mir in mein Zimmer gekommen. Die Fenster standen weit offen, es war sehr warm. Ich trank immer weiter, ich ging immer wieder zum Fenster, ich rauchte Zigarren. Meine Schwester erzählte von ihren schwierigen Kundinnen, von ihrem einsamen, schwierigen Leben, und ich hörte ihr schnapstrinkend zu und rauchte Zigarren. –
Im Fenster gegenüber ging um zehn Uhr das Licht an. Der Mann mit dem weißen Haar erschien. Er kaute auf etwas herum. Er ißt immer um diese Zeit. Um zehn Uhr abends stellt er sich an sein Fenster und ißt. Meine Schwester redete immer weiter. Ich zeigte ihr ihr Zimmer, ich sagte zu ihr: »Du bist sicher müde. Es war eine lange Reise. Ruh dich aus.« Sie hat mich auf beide Wangen geküßt, sie ist in das kleine Zimmer nebenan gegangen, sie hat sich hingelegt und ist eingeschlafen, nehme ich an. Ich habe weiter getrunken und bin zigarrenrauchend im Zimmer auf und ab gegangen. Von Zeit zu Zeit schaute ich aus dem Fenster, ich sah den weißhaarigen Mann, auf seine Fensterbank gestützt. Ich hörte, wie er die wenigen Vorübergehenden fragte: »Wie spät ist es? Können Sie mir sagen, wie spät es ist, bitte?« Jemand auf der Straße antwortete ihm: »Es ist zwanzig nach elf.« –
Ich habe sehr schlecht geschlafen. Die stumme Anwe-

senheit meiner Schwester im andern Zimmer störte mich. Am nächsten Morgen, es war ein Sonntag, hörte ich wieder den Schlaflosen nach der Zeit fragen, und jemand antwortete ihm: »Es ist viertel vor sieben.« Später, als ich aufstand und meine Schwester schon in der Küche wirtschaftete, war das Fenster gegenüber geschlossen. –

Was halten Sie davon, Lucas? Meine Schwester, die ich seit zwölf Jahren nicht gesehen hatte, kommt zu mir zu Besuch, und ich warte ungeduldig darauf, daß sie zu Bett geht, damit ich in Ruhe den Schlaflosen von gegenüber beobachten kann, denn, ehrlich gesagt, ist er der einzige Mensch, der mich interessiert, obwohl ich meine Schwester über alles liebe. –

Sie sagen nichts, Lucas, aber ich weiß, was Sie denken. Sie denken, ich bin verrückt, und Sie haben recht. Ich bin wie besessen von dem Alten, der sein Fenster um zehn Uhr abends öffnet und es um sieben Uhr morgens wieder schließt. Er verbringt die ganze Nacht an seinem Fenster. Was er danach macht, weiß ich nicht. Schläft er, oder hat er noch ein anderes Zimmer oder eine Küche, wo er tagsüber ist? Ich sehe ihn nie auf der Straße, ich sehe ihn nie am Tage, ich kenne ihn nicht und habe nie irgend jemand nach ihm befragt. Sie sind der Erste, mit dem ich darüber spreche. Woran denkt er die ganze Nacht da an seinem Fenster? Wer kann das wissen? Ab Mitternacht ist die Straße vollkommen leer. Er kann nicht einmal Vorübergehende nach der Zeit fragen. Er kann es erst gegen sechs, sieben Uhr morgens. Muß er wirklich wissen, wie spät es ist, kann es sein, daß er keine Uhr oder keinen Wecker hat? Wie bringt er es in dem Fall fertig, Punkt zehn Uhr abends am Fenster zu stehen? Lauter Fragen, die ich mir über ihn stelle. –

Eines Abends, meine Schwester war schon wieder abge-

reist, hat der Schlaflose mich angesprochen. Ich stand am Fenster und schaute nach Wolken aus, denn man hatte uns schon seit mehreren Tagen ein Gewitter angekündigt. Der alte Mann sprach mich von der anderen Straßenseite her an. Er sagte zu mir: »Man sieht keine Sterne mehr. Das Gewitter naht.« Ich gab ihm keine Antwort. Ich schaute woanders hin, nach links und rechts die Straße entlang. Ich wollte nichts mit ihm zu tun haben. Ich ignorierte ihn. –
Ich habe mich in eine Ecke meines Zimmers gesetzt, wo er mich nicht sehen konnte. Mir wird jetzt klar, daß ich, wenn ich hierbleibe, nichts anderes tun werde als trinken und rauchen und den Schlaflosen an seinem Fenster beobachten, bis ich schließlich selbst nicht mehr schlafen kann.
Victor schaut aus dem Fenster und läßt sich mit einem Seufzer in seinen Sessel sinken:
– Er ist da. Er ist da, und er beobachtet mich. Er wartet auf die Gelegenheit, ein Gespräch mit mir anzufangen. Aber ich lasse mich nicht darauf ein, er mag noch so beharrlich sein, er wird nicht das letzte Wort haben.
Lucas sagt:
– Beruhigen Sie sich, Victor. Vielleicht ist es nur ein Nachtwächter im Rentenalter, der sich angewöhnt hat, tagsüber zu schlafen.
Victor sagt:
– Ein Nachtwächter? Vielleicht. Einerlei. Wenn ich hierbleibe, macht er mich kaputt. Ich bin schon halb verrückt. Meine Schwester hat es gemerkt. Bevor sie in den Zug stieg, hat sie zu mir gesagt: »Ich bin zu alt, um noch einmal diese anstrengende lange Reise zu machen. Wir sollten eine Entscheidung treffen, Victor, sonst fürchte ich, sehen wir uns nicht wieder.« Ich fragte: »Was für eine Entscheidung?« Sie sagte: »Dein Geschäft geht

nicht, das habe ich wohl gemerkt. Du sitzt den ganzen Tag im Laden, und es kommt kein Kunde. Des Nachts gehst du in deiner Wohnung auf und ab, und am Morgen bist du todmüde. Du trinkst zuviel, du hast schon fast die Hälfte von dem Schnaps getrunken, den ich mitgebracht habe. Wenn du so weitermachst, wirst du ein Alkoholiker.« – Ich habe mich gehütet, ihr zu sagen, daß ich, während sie hier war, sechs weitere Flaschen Schnaps zusätzlich zu den Flaschen Wein getrunken habe, die wir bei jeder Mahlzeit öffneten. Ich habe ihr natürlich auch nichts von dem Schlaflosen erzählt. Sie sagte weiter: »Du siehst schlecht aus. Du hast Ringe unter den Augen, du bist blaß und beinahe fett. Du ißt zuviel Fleisch, du bewegst dich nicht genug, du gehst nie aus, du lebst nicht gesund.« Ich sagte: »Mach dir meinetwegen keine Sorgen. Ich fühle mich sehr gut.« Ich habe eine Zigarre angezündet. Der Zug kam immer noch nicht. Meine Schwester drehte angewidert den Kopf zur Seite: »Du rauchst zuviel. Du rauchst ununterbrochen.« –

Ich habe mich auch gehütet, ihr zu sagen, daß die Ärzte bei mir vor zwei Jahren eine Arterienkrankheit festgestellt haben als Folge meiner Raucherei. Meine linke Darmbeinarterie ist verstopft, das Blut in meinem linken Bein zirkuliert nicht mehr oder nur schlecht, ich habe Schmerzen in der Hüfte und in der Wade, mein großer Zeh am linken Fuß ist gefühllos. Die Ärzte haben mir Medikamente verschrieben, aber es wird nicht besser werden, wenn ich nicht mit dem Rauchen aufhöre und nicht Gymnastik treibe. Ich habe aber nicht die geringste Lust, mit dem Rauchen aufzuhören. Außerdem bin ich absolut willensschwach. Man kann nicht von einem Alkoholiker verlangen, daß er willensstark sein soll. Wenn ich also aufhören will zu rauchen, dann müßte ich zuerst aufhören zu trinken. –

Ich denke bisweilen, daß ich aufhören sollte zu rauchen, und im selben Moment zünde ich mir eine Zigarre oder eine Zigarette an, und ich denke, während ich so rauche, daß, wenn ich nicht aufhöre zu rauchen, das Blut in meinem linken Bein überhaupt nicht mehr zirkulieren wird, was einen Wundbrand zur Folge hätte, und bei Wundbrand müßte der Fuß oder das ganze Bein amputiert werden. –
Ich habe nichts von alledem gesagt, damit meine Schwester sich keine Sorgen macht. Aber sie machte sich Sorgen. Als sie in den Zug stieg, hat sie mich auf beide Wangen geküßt und zu mir gesagt: »Verkaufe die Buchhandlung und zieh zu mir. In unserem Elternhaus werden wir mit wenig auskommen. Wir werden im Wald spazierengehen, ich werde mich um alles kümmern, du wirst aufhören zu rauchen und zu trinken, und du wirst dein Buch schreiben können.« –
Der Zug ist abgefahren, ich bin nach Hause gegangen, habe mir einen Schnaps eingeschenkt und mich gefragt, welches Buch sie wohl meinte? –
An diesem Abend habe ich außer meinen gewöhnlichen Medikamenten für den Kreislauf ein Schlafmittel genommen, und ich habe den ganzen Schnaps ausgetrunken, der noch in der Flasche meiner Schwester war, das heißt ungefähr einen halben Liter. Trotz des Schlafmittels bin ich am nächsten Morgen sehr früh aufgewacht, und mein ganzes linkes Bein war völlig gefühllos. Ich war in Schweiß gebadet, mein Herz klopfte heftig, meine Hände zitterten, ich kam fast um vor Angst und Beklemmung. Ich schaute auf meinen Wecker, er war stehengeblieben. Ich habe mich zum Fenster geschleppt, der alte Mann von gegenüber war noch da. Ich habe ihn über die leere Straße hinweg gefragt: »Können Sie mir bitte sagen, wie spät es ist, meine Uhr ist stehengeblie-

ben.« Er hat sich umgedreht, bevor er mir antwortete, so als schaute er auf eine Uhr: »Es ist halb sieben.« Ich wollte mich anziehen, aber ich war schon angezogen. Ich hatte in meinen Kleidern und Schuhen geschlafen. Ich bin hinuntergegangen auf die Straße, bis zum nächsten Lebensmittelladen. Er war noch geschlossen. Ich bin in der Straße auf und ab gegangen und habe gewartet. Der Ladeninhaber ist gekommen, er hat das Geschäft aufgemacht und hat mich bedient. Ich habe eine Flasche von irgendeinem Schnaps gekauft, bin nach Hause gegangen, habe ein paar Gläser getrunken, und meine Angst ist verschwunden, der Mann von gegenüber hatte sein Fenster geschlossen. –

Ich bin in die Buchhandlung hinuntergegangen und habe mich an den Ladentisch gesetzt. Es war kein Kunde da. Es war noch Sommer, Schulferien, niemand brauchte ein Buch oder sonstwas. Als ich so da saß und die Bücher auf den Regalen anschaute, habe ich mich an ein Buch erinnert, an das Buch, von dem meine Schwester gesprochen hatte, an das Buch, das ich in meiner Jugend schreiben wollte. Ich wollte Schriftsteller werden, Bücher schreiben, es war mein Jugendtraum, wir haben oft davon gesprochen, meine Schwester und ich. Sie glaubte an mich, ich glaubte auch an mich, aber immer weniger, und schließlich hatte ich den Traum, Bücher zu schreiben, ganz und gar vergessen. –

Ich bin erst fünfzig. Wenn ich aufhörte zu rauchen und zu trinken, oder vielmehr zu trinken und zu rauchen, könnte ich noch ein Buch schreiben. Bücher, nein, aber ein einziges Buch vielleicht. Ich bin überzeugt, Lucas, daß jeder Mensch dazu geboren wird, ein Buch zu schreiben, und für nichts anderes. Ein geniales oder ein mittelmäßiges Buch, einerlei, aber derjenige, der nichts

schreibt, ist ein verlorener Mensch, der nur flüchtig auf der Erde war und keine Spur hinterlassen hat. –
Wenn ich hierbleibe, werde ich nie ein Buch schreiben. Meine einzige Hoffnung ist, mein Haus und die Buchhandlung zu verkaufen und zu meiner Schwester zu ziehen. Sie wird mich vom Trinken und Rauchen abbringen, wir werden gesund leben, sie wird sich um alles kümmern, und ich hätte nichts anderes zu tun, als mein Buch zu schreiben, sobald ich einmal das Trinken und Rauchen aufgegeben hätte. Sie selbst schreiben ja ein Buch, Lucas. Über wen, über was, weiß ich nicht. Aber Sie schreiben. Seit Ihrer Kindheit kaufen Sie unablässig Papier, Bleistifte, Hefte.
Lucas sagt:
– Sie haben recht, Victor. Schreiben ist das allerwichtigste. Nennen Sie Ihren Preis, ich kaufe das Haus und die Buchhandlung. Wir können den Handel in wenigen Wochen abwickeln.
Victor fragt:
– Die Wertsachen, von denen Sie gesprochen haben, was für Wertsachen sind das?
– Gold- und Silbermünzen. Und auch Schmuck.
Victor lächelt.
– Wollen Sie das Haus besichtigen?
– Das ist nicht nötig. Ich werde die nötigen Umbauten schon vornehmen. Diese beiden Zimmer werden uns genügen.
– Sie waren zu dritt, wenn ich mich recht entsinne.
– Wir sind nur noch zu zweit. Die Mutter des Kindes ist fortgezogen.

Lucas sagt zu dem Kind:
– Wir ziehen um. Wir werden in der Stadt wohnen,

am Hauptplatz. Ich habe die Buchhandlung gekauft.
Das Kind sagt:
– Das ist gut. Das ist näher an der Schule. Aber wie wird uns Yasmine finden, wenn sie zurückkommt?
– In einer so kleinen Stadt wird sie uns leicht wiederfinden.
Das Kind fragt:
– Werden wir keine Tiere und keinen Garten mehr haben?
– Wir werden einen kleinen Garten haben. Wir behalten den Hund und die Katze und auch ein paar Hühner wegen der Eier. Die andern Tiere verkaufen wir an Joseph.
– Wo werde ich schlafen? Da drüben gibt es kein Großmutterzimmer.
– Du wirst in einem kleinen Zimmer neben meinem schlafen. Wir werden nahe beieinander sein.
– Wenn wir die Tiere und die Erträge des Gartens nicht mehr haben, wovon leben wir dann?
– Von der Buchhandlung. Ich werde Bleistifte, Bücher, Papier verkaufen. Du wirst mir dabei helfen.
– Ja, ich werde dir helfen. Wann ziehen wir um?
– Morgen. Joseph kommt mit seinem Karren.
Lucas und das Kind richten sich in Victors Haus ein. Lucas streicht die Zimmer, sie sind hell und sauber. Neben der Küche, in dem früheren Kabuff, richtet Lucas ein Badezimmer ein.
Das Kind fragt:
– Kann ich die Skelette bei mir haben?
– Das ist unmöglich. Stell dir vor, jemand kommt in dein Zimmer.
– Niemand wird in mein Zimmer kommen. Außer Yasmine, wenn sie zurückkommt.
Lucas sagt:
– Einverstanden. Du kannst die Skelette haben. Aber wir verstecken sie doch lieber hinter einem Vorhang.

Lucas und das Kind bringen Ordnung in den Garten, den Victor vernachlässigt hat. Das Kind zeigt auf einen Baum:
– Sieh mal den Baum da, Lucas, er ist ganz schwarz.
Lucas sagt:
– Der Baum ist abgestorben. Wir müssen ihn fällen. Die andern Bäume verlieren auch ihre Blätter, aber der da ist abgestorben.
Oft wird das Kind mitten in der Nacht plötzlich wach, läuft schnell in Lucas' Zimmer, kriecht in sein Bett, und, wenn Lucas nicht da ist, wartet es dort auf ihn, um ihm seine Alpträume zu erzählen.
Lucas legt sich neben das Kind, er drückt den mageren kleinen Körper an sich, bis er nicht mehr zittert.
Das Kind erzählt seine Alpträume, immer die gleichen, die ihn Nacht für Nacht heimsuchen.
Einer davon ist der Traum vom Fluß. Das Kind liegt auf dem Wasser, läßt sich von den Fluten davontragen und betrachtet die Sterne. Das Kind ist glücklich, aber langsam kommt etwas näher, etwas, das Angst macht, und plötzlich ist es da, das Kind weiß nicht, was es ist, es explodiert und schreit und brüllt und blendet.
Ein anderer Traum ist der Traum vom Tiger, der neben dem Bett des Kindes liegt. Der Tiger scheint zu schlafen, er sieht sanft und freundlich aus, und das Kind möchte ihn sehr gerne streicheln. Das Kind hat Angst, und doch wird sein Wunsch, den Tiger zu streicheln, immer größer, und das Kind kann dem Verlangen nicht widerstehen. Seine Finger berühren die seidigen Haare des Tigers, und mit einem einzigen Tatzenhieb reißt ihm der Tiger den Arm aus.
Ein anderer Traum ist der Traum von der einsamen Insel. Das Kind spielt dort mit seiner Schubkarre. Es füllt sie mit Sand, es schiebt den Sand woanders hin,

leert die Karre, geht weiter weg, füllt die Karre wieder, leert sie wieder, und so weiter, eine ganze Weile, und plötzlich ist es dunkel, ist es kalt, es ist niemand da, nirgends, nur die Sterne glänzen in ihrer unendlichen Einsamkeit.

Noch ein Traum: Das Kind will zurück ins Haus der Großmutter, es geht durch die Straßen, aber es erkennt die Straßen der Stadt nicht wieder, es verläuft sich, die Straßen sind leer, das Haus ist nicht mehr da, wo es sein sollte, die Dinge sind nicht mehr an ihrem Platz, Yasmine ruft weinend nach Mathias, und das Kind weiß nicht, welche Straße, welchen Weg es einschlagen soll, um zu ihr zu gelangen.

Der schlimmste Traum ist der Traum vom toten Baum, vom schwarzen Baum im Garten. Das Kind betrachtet den Baum, und der Baum streckt seine kahlen Äste dem Kind entgegen. Der Baum sagt: »Ich bin nur ein abgestorbener Baum, aber ich liebe dich genauso wie zu der Zeit, als ich lebendig war. Komm, mein Kleiner, komm in meine Arme.« Der Baum spricht mit Yasmines Stimme, das Kind kommt näher, und die toten schwarzen Äste umklammern und erwürgen es.

Lucas schlägt den toten Baum ab, zerhackt ihn und macht ein Feuer damit im Garten. Als das Feuer aus ist, sagt das Kind:

– Jetzt ist sie nur noch ein Haufen Asche.

Lucas geht in sein Zimmer. Er korkt eine Flasche Schnaps auf. Er trinkt. Ihm wird übel. Er geht zurück in den Garten und erbricht sich. Weißer Rauch steigt noch aus der schwarzen Asche auf, aber langsam fallen dicke Regentropfen herab, und der Regenguß bringt das Feuer vollends zum Erlöschen.

Später findet das Kind Lucas im feuchten Gras, im Dreck. Es schüttelt ihn:

– Steh auf, Lucas. Wir müssen ins Haus. Es regnet. Es ist dunkel. Es ist kalt. Kannst du laufen?
Lucas sagt:
– Laß mich hier. Geh ins Haus. Morgen wird alles in Ordnung sein. Das Kind setzt sich neben Lucas, es wartet.
Die Sonne geht auf, Lucas öffnet die Augen:
– Was ist passiert, Mathias?
Das Kind sagt:
– Es ist nur ein neuer Alptraum.

5

Der Schlaflose erscheint weiterhin jeden Abend um zehn Uhr an seinem Fenster. Das Kind ist schon im Bett, Lucas verläßt das Haus, der Schlaflose fragt ihn, wie spät es ist, Lucas antwortet ihm und geht dann zu Clara. Vor Tagesanbruch, wenn er zurückkommt, fragt ihn der Schlaflose nochmals nach der Zeit, Lucas sagt sie ihm und geht dann zu Bett. Ein paar Stunden später erlischt im Zimmer des Schlaflosen das Licht, und die Tauben kommen an sein Fenster geflogen.
Eines Morgens, als Lucas nach Hause kommt, ruft der Schlaflose:
– Hören Sie, bitte!
Lucas sagt:
– Es ist fünf Uhr.
– Ich weiß. Die Zeit interessiert mich nicht. Sie hilft mir nur, mit den Leuten ins Gespräch zu kommen. Ich

wollte Ihnen nur sagen, daß das Kind in der letzten Nacht sehr unruhig war. Es ist gegen zwei Uhr aufgewacht, es ist mehrmals in Ihr Zimmer gegangen und hat lange aus dem Fenster geschaut. Es ist sogar auf die Straße hinuntergegangen, ist bis zur Kneipe gegangen, dann zurückgekommen und hat sich wieder hingelegt, nehme ich an.

– Macht es das öfter?

– Es wacht oft auf, o ja, fast jede Nacht. Aber es ist das erste Mal, daß ich es nachts aus dem Haus gehen sehe.

– Tagsüber geht es auch nicht aus dem Haus.

– Ich glaube, es suchte Sie.

– Lucas geht hinauf in die Wohnung, das Kind liegt in seinem Bett und schläft tief. Lucas schaut aus dem Fenster, der Schlaflose fragt:

– Ist alles in Ordnung?

– Ja. Es schläft. Und Sie? Schlafen Sie nie?

– Ich nicke von Zeit zu Zeit ein, aber schlafe nie tief. Schon acht Jahre schlafe ich nicht mehr.

– Was machen Sie tagsüber?

– Ich gehe spazieren. Wenn ich müde werde, setze ich mich in einen Park. Ich verbringe die meiste Zeit in einem Park. Dort schlafe ich bisweilen für ein paar Minuten ein, auf einer Bank. Würden Sie mich einmal begleiten?

Lucas sagt:

– Sofort, wenn Sie wollen.

– Abgemacht. Ich füttere meine Tauben und komme herunter.

Sie gehen durch die leeren Straßen der schlafenden Stadt, immer in die Richtung vom Haus der Großmutter. Der Schlaflose bleibt vor ein paar Quadratmetern gelben Grases stehen, wo zwei alte Bäume ihre kahlen Äste ausstrecken.

– Das ist mein Park. Der einzige Ort, wo ich einen Augenblick schlafen kann.
Der Alte setzt sich auf die einzige Bank neben einem versiegten Brunnen, der ganz vermoost und verrostet ist. Lucas sagt:
– Es gibt schönere Parks in der Stadt.
– Nicht für mich.
Er hebt seinen Stock und zeigt auf ein schönes großes Haus:
– Dort haben wir einst gewohnt, meine Frau und ich.
– Ist sie tot?
– Man hat sie drei Jahre nach Kriegsende mit ein paar Revolverkugeln erschossen. Eines Abends um zehn Uhr.
Lucas setzt sich neben den Alten:
– Ich erinnere mich an Sie. Wir wohnten dicht an der Grenze. Wenn wir aus der Stadt kamen, machten wir gewöhnlich hier halt, um Wasser zu trinken und uns auszuruhen. Wenn Ihre Frau uns vom Fenster aus sah, kam sie herunter und brachte uns große Stücke Kartoffelzucker. Ich habe seitdem nie mehr welchen gegessen. Ich erinnere mich auch an ihr Lächeln und ihren Akzent, und auch an ihre Erschießung. Die ganze Stadt sprach davon.
– Was sagte man dazu?
– Man sagte, man habe sie erschossen, um die drei Textilfabriken, die ihr gehörten, zu verstaatlichen.
Der Alte sagte:
– Sie hatte die Fabriken von ihrem Vater geerbt. Ich arbeitete dort als Ingenieur. Ich habe sie geheiratet, und sie ist hier geblieben, sie mochte diese Stadt sehr gern. Allerdings hat sie ihre Staatsangehörigkeit beibehalten, und *sie* konnten nicht anders, als sie erschießen. Es war die einzige Lösung. *Sie* haben sie in unserem Schlafzimmer erschossen. Ich habe die Schüsse vom Badezimmer

aus gehört. Der Mörder ist über den Balkon eingestiegen und wieder verschwunden. Sie hatte Schüsse im Kopf, in der Brust und im Bauch. Bei der Untersuchung kam man zu dem Schluß, daß es ein Arbeiter war, der sich gekränkt fühlte und sich rächen wollte, und der dann über die Grenze ins Ausland geflüchtet ist.
Lucas sagt:
– Über die Grenze kam zu der Zeit schon niemand mehr hinüber, und kein einziger Arbeiter besaß einen Revolver.
Der Schlaflose schließt die Augen, schweigt. Lucas fragt:
– Wissen Sie, wer jetzt in Ihrem Haus wohnt?
– Es ist voller Kinder. Aus unserm Haus ist ein Waisenhaus geworden. Aber Sie müssen jetzt nach Hause, Lucas, Mathias wird bald wach werden, und Sie müssen die Buchhandlung aufmachen.
– Sie haben recht. Es ist schon halb acht.

Ab und zu geht Lucas in den Park, um sich mit dem Schlaflosen zu unterhalten. Der Alte erzählt von vergangenen Zeiten, von der glücklichen Zeit mit seiner Frau:
– Sie lachte immerzu. Sie war glücklich und unbeschwert wie ein Kind. Sie liebte die Früchte, die Blumen, die Sterne, die Wolken. In der Dämmerung ging sie hinaus auf den Balkon, um den Himmel zu betrachten. Sie behauptete, daß es nirgends auf der Welt so wunderbare Sonnenuntergänge gebe wie in dieser Stadt, daß nirgendwo sonst die Farben des Himmels so leuchtend seien und so schön.
Der Mann schließt seine umschatteten und von der Schlaflosigkeit brennenden Augen. Er fährt mit veränderter Stimme fort:

– Nach ihrer Ermordung haben Funktionäre das Haus beschlagnahmt mit allem, was darin war: Möbel, Geschirr, Bücher, Schmuck und die Kleider meiner Frau. Ich durfte nur einen Koffer mit einem Teil meiner Kleidung mitnehmen. Sie haben mir geraten, die Stadt zu verlassen. Ich habe meinen Posten in der Fabrik verloren, ich hatte keine Arbeit mehr, kein Haus und kein Geld. –

Ich bin zu einem Freund, einem Arzt, gegangen, den ich auch am Abend der Erschießung herbeigerufen hatte. Er hat mir Geld für den Zug gegeben. Er hat zu mir gesagt: »Komm nie wieder in diese Stadt. Es ist ein Wunder, daß man dich am Leben gelassen hat.« –

Ich habe den Zug genommen und bin in der Nachbarstadt angekommen. Ich habe mich in den Wartesaal gesetzt. Ich hatte noch etwas Geld übrig, um weiterzufahren, vielleicht bis zur Hauptstadt. Aber in der Hauptstadt hatte ich nichts zu suchen, auch nicht in irgendeiner anderen Stadt. Ich habe am Schalter eine Fahrkarte gekauft und bin hierher zurückgekehrt. Ich habe an die Tür eines bescheidenen Hauses gegenüber der Buchhandlung angeklopft. Ich kannte alle Arbeiter und Arbeiterinnen unserer Fabriken. Ich kannte die Frau, die mir die Tür aufmachte. Sie hat keine Fragen gestellt, sie hat mich gebeten hereinzukommen, sie hat mich in ein Zimmer geführt und zu mir gesagt: »Sie können hier so lange bleiben wie Sie wollen.« –

Es ist eine ältere Frau, sie hat im Krieg ihren Mann, ihre beiden Söhne und ihre Tochter verloren. Ihre Tochter war erst siebzehn Jahre alt. Sie ist an der Front umgekommen, wohin sie sich als Krankenschwester gemeldet hatte, nachdem sie durch einen furchtbaren Unfall ganz entstellt war. Meine Wirtin spricht nie davon, sie spricht überhaupt kaum noch. Sie läßt mich in dem

Zimmer, das zur Straße liegt, in Ruhe, sie selbst wohnt in einem anderen, kleineren Zimmer, zum Garten hin. Die Küche liegt auch zur Gartenseite. Ich kann hineingehen, wann ich will, es steht immer etwas Warmes für mich auf dem Herd. Jeden Morgen finde ich meine Schuhe geputzt vor, und meine Hemden hängen gewaschen und gebügelt über einer Stuhllehne vor meiner Tür, auf dem Flur. Meine Wirtin kommt nie in mein Zimmer, und ich begegne ihr nur selten. Unsere Zeiten sind nicht dieselben. Ich weiß nicht, wovon sie lebt. Von ihrer Kriegerwitwenrente und ihrem Gemüsegarten vermutlich. –

Ein paar Monate, nachdem ich bei ihr eingezogen war, bin ich zum Gemeindebüro gegangen und habe mich für irgendeine Arbeit gemeldet. Die Funktionäre haben mich von einem Büro zum andern geschickt, sie hatten Angst, in meiner Sache eine Entscheidung zu treffen, ich war verdächtig wegen meiner Ehe mit einer Ausländerin. Schließlich hat mich der Parteisekretär, Peter, als Faktotum eingestellt. Ich war Hausmeister, Fenster- und Fliesenputzer und habe Staub, trockenes Laub und Schnee gefegt. Dank Peter habe ich jetzt Anspruch auf Rente und eine Altersversorgung wie alle andern. Ich bin kein Bettler geworden, und ich kann mein Leben in dieser Stadt beschließen, wo ich geboren bin und immer gelebt habe. –

Meinen ersten Lohn habe ich noch am selben Abend auf den Küchentisch gelegt. Es war eine lächerliche Summe, aber für meine Wirtin war es viel Geld, zu viel ihrer Meinung nach. Sie ließ die Hälfte auf dem Tisch liegen, und so ist es weiter gegangen: ich lege meine kleine Pension jeden Monat neben ihren Teller, und sie wiederum legt genau die Hälfte des Betrags neben meinen.

Eine in ein großes Umschlagtuch gehüllte Frau verläßt

das Waisenhaus. Sie ist mager und blaß, in ihrem knochigen Gesicht glänzen zwei riesengroße Augen. Sie bleibt vor der Bank stehen, sieht Lucas an, lächelt und sagt zu dem Alten:
– Wie ich sehe, haben Sie einen Freund gefunden.
– Ja, einen Freund. Das ist Lucas, Judith. Er hat die Buchhandlung am Hauptplatz. Judith ist die Direktorin des Waisenhauses.
Lucas steht auf, Judith gibt ihm die Hand:
– Ich müßte Bücher für meine Kinder kaufen, aber ich weiß nicht wohin vor Arbeit, und mein Budget ist nicht groß.
Lucas sagt:
– Ich kann Ihnen durch Mathias Bücher schicken. Wie alt sind Ihre Kinder?
– Zwischen fünf und zehn. Wer ist Mathias?
Der Alte sagt:
– Lucas kümmert sich auch um ein Waisenkind.
Lucas sagt:
– Mathias ist kein Waisenkind. Seine Mutter ist fortgezogen. Er ist jetzt mein Kind.
Judith lächelt:
– Meine Kinder sind auch nicht alle Waisen. Bei den meisten ist der Vater unbekannt, und die Mutter hat sie abgegeben, weil sie vergewaltigt worden war oder auf den Strich ging.
Sie setzt sich neben den Alten, lehnt ihren Kopf an seine Schulter und schließt die Augen:
– Wir müssen bald heizen, Michael. Wenn das Wetter so bleibt, fangen wir Montag damit an.
Der Alte drückt sie an sich:
– Abgemacht, Judith. Montag morgen um fünf Uhr bin ich da.
Lucas betrachtet die Frau und den Mann, die aneinan-

dergepreßt, mit geschlossenen Augen, in der feuchten Kälte des Herbstmorgens dasitzen, in der Totenstille einer vergessenen kleinen Stadt. Er macht ein paar Schritte, um sich lautlos zu entfernen, aber Judith fröstelt, öffnet die Augen und steht auf:
– Bleiben Sie, Lucas. Die Kinder werden bald wach werden. Ich muß ihnen ihr Frühstück machen.
Sie küßt den alten Mann auf die Stirn:
– Bis Montag, Michael. Auf bald, Lucas, und vielen Dank im voraus für die Bücher.
Sie geht ins Haus zurück, und Lucas setzt sich wieder hin:
– Sie ist sehr hübsch.
– Ja, sehr hübsch.
Der Schlaflose lacht:
– Anfangs traute sie mir nicht so recht. Sie sah mich da auf der Bank sitzen. Tag für Tag. Sie hielt mich vielleicht für einen Satyr. Eines Tages hat sie sich neben mich gesetzt und mich gefragt, was ich da machte. Ich habe ihr alles erzählt. Es war voriges Jahr, zu Beginn des Winters. Sie hat mir vorgeschlagen, ihr zu helfen, die Zimmer zu heizen, sie schaffte es nicht allein, sie hat nur eine Sechzehnjährige als Hilfe für die Küche. Das Haus hat keine Zentralheizung, jedes Zimmer hat einen Kachelofen, und es sind sieben Zimmer. Wenn Sie wüßten, wie glücklich ich war, als ich wieder in unser Haus, in unsere Zimmer hinein durfte! Und auch, daß ich Judith helfen konnte. Sie hat viel durchgemacht. Ihr Mann ist im Krieg verschollen, sie selbst wurde deportiert, buchstäblich bis an die Tore der Hölle. Das ist nicht bildlich gemeint. Hinter den Toren brannte ein richtiges Feuer, das Menschen angezündet hatten, um andere Menschen zu verbrennen.
Lucas sagt:

– Ich weiß, was Sie meinen. Ich habe ähnliches gesehen, mit meinen eigenen Augen, in dieser Stadt.
– Sie müssen noch jung gewesen sein.
– Ich war noch ein Kind. Aber ich habe nichts vergessen.
– Sie werden es vergessen. Das Leben ist nun mal so. Alles verwischt mit der Zeit. Die Erinnerungen verblassen, der Schmerz läßt nach. Ich erinnere mich an meine Frau, so wie man sich an einen Vogel, eine Blume erinnert. Sie war der Inbegriff des Lebens in einer Welt, wo alles leicht, einfach und schön schien. Anfangs kam ich ihretwegen hierher, jetzt komme ich wegen Judith, die überlebt hat. Es mag Ihnen albern erscheinen, Lucas, aber ich bin in Judith verliebt. In ihre Kraft, ihre Güte, ihre liebevolle Art den Kindern gegenüber, die nicht ihre eigenen sind.
Lucas sagt:
– Ich finde das ganz und gar nicht albern.
– In meinem Alter?
– Das Alter ist nicht entscheidend. Es kommt auf das Wesentliche an. Sie lieben sie und sie liebt Sie auch.
– Sie wartet auf die Rückkehr ihres Mannes.
– Viele Frauen warten auf ihre Männer, die verschollen sind, oder beweinen die Gefallenen. Aber Sie sagten doch eben: »Der Schmerz läßt nach, die Erinnerungen verblassen.«
Der Schlaflose blickt zu Lucas auf:
– Ich sagte zwar nachlassen, verblassen, das wohl, aber nicht verschwinden.

Noch am gleichen Morgen sucht Lucas Kinderbücher aus, legt sie in einen Karton und sagt zu Mathias:
– Kannst du diese Bücher ins Waisenhaus bringen, das

neben dem Park liegt, auf dem Weg zum Haus der Großmutter? Es ist ein großes Haus mit einem Balkon und einem Brunnen davor.
Das Kind sagt:
– Ich weiß genau, wo es ist.
– Die Direktorin heißt Judith, du übergibst ihr die Bücher in meinem Auftrag.
Das Kind geht mit den Büchern weg und kommt bald darauf zurück.
Lucas fragt:
– Wie gefallen dir Judith und die Kinder?
– Ich habe weder Judith noch die Kinder gesehen. Ich habe die Bücher vor die Tür gestellt.
– Bist du nicht hineingegangen?
– Nein. Warum sollte ich hineingehen? Damit man mich dortbehält?
– Was? Was sagst du da? Mathias!
Das Kind schließt sich in seinem Zimmer ein. Lucas bleibt bis zum Ladenschluß in der Buchhandlung, macht dann das Abendessen zurecht und ißt allein. Er duscht und will sich gerade wieder anziehen, als das Kind plötzlich aus seinem Zimmer kommt.
– Gehst du weg, Lucas? Wohin gehst du jeden Abend?
Lucas sagt:
– Ich gehe zur Arbeit, das weißt du doch.
Das Kind legt sich auf Lucas' Bett:
– Ich warte hier auf dich. Wenn du in den Kneipen arbeiten würdest, kämst du um Mitternacht heim, sobald geschlossen wird. Aber du kommst viel später.
Lucas setzt sich auf einen Stuhl dem Kind gegenüber:
– Ja, Mathias, das stimmt. Ich komme später. Ich habe Freunde, zu denen ich gehe, wenn die Kneipen schließen.
– Welche Freunde?

– Du kennst sie nicht.
Das Kind sagt:
– Ich bin jede Nacht allein.
– Nachts solltest du schlafen.
– Ich würde schlafen, wenn ich wüßte, daß du da bist, in deinem Zimmer, und auch schläfst.
Lucas legt sich neben das Kind und gibt ihm einen Kuß:
– Glaubtest du wirklich, ich hätte dich ins Waisenhaus geschickt, damit man dich dortbehält? Wie konntest du so etwas glauben?
– Ich glaubte es nicht richtig. Und doch bekam ich Angst, als ich vor der Tür ankam. Man weiß nie. Yasmine hatte mir auch versprochen, mich nie zu verlassen. Schick mich nicht mehr dorthin. Ich gehe nicht gerne dorthin, wo das Haus von Großmutter liegt.
Lucas sagt:
– Ich verstehe dich.
Das Kind sagt:
– Die Waisen sind Kinder, die keine Eltern haben. Ich habe auch keine Eltern.
– Doch. Du hast deine Mutter, Yasmine.
– Yasmine ist fort. Und mein Vater? Wo ist der?
– Dein Vater bin ich.
– Aber der andere? Der richtige?
Lucas schweigt einen Moment, bevor er antwortet:
– Er ist vor deiner Geburt gestorben, verunglückt, wie meiner.
– Die Väter verunglücken immer. Wirst du auch bald verunglücken?
– Nein. Ich passe gut auf.

Das Kind und Lucas arbeiten in der Buchhandlung. Das Kind nimmt Bücher aus einem Karton und reicht sie

Lucas, der auf einer Trittleiter steht und sie in die Bücherregale einordnet. Es ist ein regnerischer Herbstmorgen.
Peter kommt in den Laden. Er trägt einen Umhang mit Kapuze, der Regen rinnt über sein Gesicht auf den Boden. Er zieht ein in Sackleinen gewickeltes Paket unter dem Umhang hervor:
– Da, Lucas. Ich bringe es Ihnen zurück. Ich kann es nicht länger aufbewahren. Es ist bei mir nicht mehr sicher.
Lucas sagt:
– Sie sind blaß, Peter. Was ist los?
– Lesen Sie denn keine Zeitungen? Hören Sie kein Radio?
– Ich lese nie Zeitungen und höre nur alte Schallplatten.
Peter wendet sich zum Kind:
– Ist das das Kind von Yasmine?
Lucas sagt:
– Ja, das ist Mathias. Sag Peter guten Tag, Mathias. Er ist ein Freund.
Das Kind sagt nichts und starrt Peter an.
Peter sagt:
– Mathias hat mir schon mit den Augen guten Tag gesagt.
Lucas sagt:
– Geh und füttere die Tiere, Mathias.
Das Kind senkt den Blick und wühlt in dem Bücherkarton:
– Es ist noch nicht Zeit, die Tiere zu füttern.
Lucas sagt:
– Du hast recht. Bleib hier und sag mir Bescheid, wenn ein Kunde kommt. Gehen wir nach oben, Peter.
Sie steigen in Lucas' Zimmer hinauf.
Peter sagt:
– Das Kind hat wunderbare Augen.
– Ja, die Augen von Yasmine.
Peter reicht Lucas das Paket:
– In Ihren Heften fehlen Seiten, Lucas.

– Ja, Peter. Ich sagte Ihnen ja schon: ich verbessere, streiche aus und lasse alles weg, was nicht unbedingt nötig ist.
– Sie verbessern, Sie streichen aus, Sie lassen weg. Ihr Bruder Claus wird nichts verstehen.
– Claus wird schon verstehen.
– Ich habe es auch verstanden.
– Geben Sie sie mir deshalb zurück? Weil Sie glauben, daß Sie alles verstanden haben?
Peter sagt:
– Was jetzt geschieht, hat nichts mit Ihren Heften zu tun, Lucas. Es ist etwas viel Schlimmeres. In unserem Land bereitet sich ein Aufstand vor. Eine Gegenrevolution. Es hat mit den Intellektuellen angefangen, die Sachen schrieben, die sie nicht hätten schreiben sollen. Dann ging es weiter mit den Studenten. Die Studenten sind immer schnell dabei, Unruhe zu stiften. Sie haben demonstriert, und dabei ist es zu Ausschreitungen gekommen gegen die Ordnungskräfte. Aber es ist erst richtig gefährlich geworden, als die Arbeiter und sogar ein Teil unserer Armee sich den Studenten angeschlossen haben. Gestern abend haben Soldaten irgendwelchen verantwortungslosen Typen Waffen in die Hand gegeben. Die Leute in der Hauptstadt schießen aufeinander, und die Bewegung greift allmählich auf die Provinz über und erfaßt die Landbevölkerung.
Lucas sagt:
– Es sind alle Schichten der Bevölkerung dabei vertreten.
– Außer der einen, zu der ich gehöre.
– Ihr seid nicht viele im Verhältnis zu denen, die gegen euch sind.
– Gewiß. Aber wir haben mächtige Freunde.
Lucas schweigt. Peter öffnet die Tür:

– Wir werden uns wahrscheinlich nie wiedersehen, Lucas. Trennen wir uns ohne Haß.
Lucas fragt:
– Wohin gehen Sie?
– Die führenden Kräfte der Partei müssen sich dem Schutz der ausländischen Armee unterstellen.
Lucas steht auf, packt Peter an beiden Schultern und schaut ihm in die Augen:
– Hören Sie mal, Peter! Schämen Sie sich nicht?
Peter ergreift Lucas' Hände und preßt sie an sein Gesicht. Er schließt die Augen und sagt ganz leise:
– Doch, Lucas. Ich schäme mich über die Maßen.
Aus seinen geschlossenen Augen stehlen sich ein paar Tränen.
Lucas sagt:
– Nein. Nicht so. Nehmen Sie sich zusammen.
Lucas begleitet Peter auf die Straße hinaus. Er schaut hinter der schwarzen Gestalt her, die mit gesenktem Kopf im Regen in Richtung Bahnhof geht.
Als Lucas in die Buchhandlung zurückkommt, sagt das Kind zu ihm:
– Das ist ein schöner Herr. Wann kommt er wieder?
– Ich weiß es nicht, Mathias. Vielleicht nie.
Am selben Abend geht Lucas zu Clara. Er betritt das Haus, in dem alle Lichter gelöscht sind. Claras Bett ist kalt und leer. Lucas knipst die Nachttischlampe an. Auf dem Kopfkissen ein Zettel von Clara:
»Ich gehe weg, um Thomas zu rächen.«
Lucas kehrt zurück nach Hause. Er findet das Kind in seinem Bett. Er sagt zu ihm:
– Ich habe es satt, dich jeden Abend in meinem Bett vorzufinden. Geh in dein Zimmer und schlaf da.
Das Kinn des Kindes zittert, es schluchzt:
– Ich habe gehört, wie Peter sagte, daß die Leute in der

Hauptstadt aufeinander schießen. Glaubst du, daß Yasmine in Gefahr ist?
– Yasmine ist nicht in Gefahr, sei unbesorgt.
– Du hast gesagt, daß Peter vielleicht nie wiederkommt. Glaubst du, daß er sterben wird?
– Nein, das glaube ich nicht. Aber Clara ganz bestimmt.
– Wer ist Clara?
– Eine Freundin. Geh zu Bett, Mathias, und schlafe. Ich bin sehr müde.

In der kleinen Stadt passiert so gut wie nichts. Die ausländischen Fahnen verschwinden von den öffentlichen Gebäuden, die Bilder der Machthaber ebenfalls. Eine Menge Menschen zieht mit ehemaligen Landesfahnen durch die Stadt und singt die frühere Nationalhymne und andere alte Lieder, die an eine andere Revolution in einem anderen Jahrhundert erinnern.
Die Kneipen sind voll. Die Leute reden, lachen und singen lauter als gewöhnlich.
Lucas hört unablässig Radio bis zu dem Tag, an dem statt der Nachrichten klassische Musik ertönt.
Lucas schaut aus dem Fenster. Auf dem Hauptplatz steht ein Panzer der fremden Armee.
Lucas geht aus dem Haus, um eine Schachtel Zigaretten zu kaufen. Alle Kaufhäuser und alle kleinen Läden sind geschlossen. Lucas muß bis zum Bahnhof gehen. Auf seinem Weg begegnet er anderen Panzern. Die Kanonenrohre der Panzer richten sich auf ihn, sie folgen ihm. Die Straßen sind leer, die Fenster und Fensterläden geschlossen. Aber der Bahnhof und das angrenzende Viertel sind voll mit Soldaten aus dem eigenen Land und mit Grenzsoldaten, ohne Waffen. Lucas fragt einen von ihnen:
– Was ist los?

– Ich habe keine Ahnung. Man hat uns entlassen. Wollten Sie mit dem Zug fahren? Es gibt keinen Zug für Zivilisten.
– Ich wollte gar nicht wegfahren. Ich wollte nur Zigaretten kaufen. Die Geschäfte sind geschlossen.
Der Soldat reicht Lucas eine Schachtel Zigaretten:
– Sie können nicht ins Bahnhofsgebäude hinein. Nehmen Sie diese Schachtel und gehen Sie wieder nach Hause. Es ist gefährlich, auf der Straße zu sein.
Lucas geht nach Hause. Das Kind ist aufgestanden, sie hören zusammen Radio.
Viel Musik und einige wenige kurze Reden:
»Wir haben die Revolution gewonnen. Das Volk hat gesiegt. Die Regierung hat unseren großen Beschützer um Hilfe gegen die Volksfeinde gebeten.«
Ferner:
»Bitte Ruhe bewahren. Jede Versammlung von mehr als zwei Personen ist verboten. Der Verkauf von Spirituosen ist verboten. Die Restaurants und Cafés bleiben bis auf weiteres geschlossen. Einzelreisen mit dem Zug oder dem Autobus sind verboten. Beachten Sie die Ausgangssperre. Gehen Sie nach Dunkelheit nicht mehr aus dem Haus.«
Wieder Musik, danach Empfehlungen und Drohungen:
»Die Arbeit in den Fabriken muß wiederaufgenommen werden. Die Arbeiter, die sich nicht an ihrem Arbeitsplatz einfinden, werden entlassen. Die Saboteure werden vor ein Sondergericht gestellt. Sie können mit dem Tode bestraft werden.«
Das Kind sagt:
– Ich verstehe kein Wort. Wer hat die Revolution gewonnen? Und warum ist alles verboten? Warum sind sie so gemein?
Lucas stellt das Radio ab:

– Es ist besser, kein Radio mehr zu hören. Es hilft doch nichts.
Es gibt noch Widerstand, Kämpfe, Streiks. Es werden auch Leute verhaftet, eingesperrt, beiseite geschafft, hingerichtet. Von Angst gepackt, verlassen zweihunderttausend Einwohner das Land. Ein paar Monate später herrscht wieder Ruhe, Stillschweigen, Ordnung.

Lucas klingelt bei Peter:
– Ich weiß, daß Sie wieder da sind. Warum verstecken Sie sich vor mir?
– Ich verstecke mich nicht vor Ihnen. Ich dachte nur, daß Sie mich nicht wiedersehen wollten. Ich wartete darauf, daß Sie den ersten Schritt tun.
Lucas lacht:
– Das ist geschehen. Eigentlich ist alles wie vorher. Die Revolution hat nichts gebracht.
Peter sagt:
– Das wird die Geschichte beurteilen.
Lucas lacht wieder:
– Das sind große Worte. Was ist in Sie gefahren, Peter?
– Lachen Sie nicht. Ich habe eine schwere Krise hinter mir. Ich bin zuerst aus der Partei ausgetreten, aber dann habe ich mich überreden lassen, an meinen Posten in dieser Stadt zurückzukehren. Ich liebe diese Stadt. Sie hat eine Macht über die Seele. Wenn man einmal hier gewohnt hat, muß man einfach zurückkommen. Außerdem sind Sie hier, Lucas.
– Ist das eine Liebeserklärung?
– Nein. Ein Freundschaftsbeweis. Ich weiß, daß ich von Ihnen nichts zu erwarten habe. Und Clara? Ist sie zurückgekommen?

– Nein, Clara ist nicht zurückgekommen. Es wohnt schon jemand anders in ihrem Haus.
Peter sagt:
– In der Hauptstadt hat es dreißigtausend Tote gegeben. Man hat sogar auf eine demonstrierende Gruppe von Menschen geschossen, unter denen Frauen und Kinder waren. Wenn Clara da irgendwo mitgemacht hat...
– Sie hat bestimmt bei allem mitgemacht, was in der Stadt vorging. Ich nehme an, daß sie da ist, wo Thomas ist, und das ist gut so. Sie redete immer nur von Thomas. Sie dachte nur an Thomas, sie liebte nur Thomas, sie war krank nach Thomas. So oder so wäre sie an Thomas gestorben.
Nach kurzem Schweigen sagt Peter:
– Viele Leute sind während der Unruhen irgendwo über die Grenze gegangen, wo sie unbewacht war. Warum haben Sie das nicht ausgenutzt, um zu Ihrem Bruder zu gelangen?
– Daran habe ich keinen Moment gedacht. Wie könnte ich das Kind allein lassen?
– Sie hätten es mitnehmen können.
– Man läßt sich nicht auf ein solches Abenteuer ein mit einem Kind in dem Alter.
– Man läßt sich auf alles ein, egal wohin es führt, wann oder mit wem, wenn man es wirklich will. Das Kind ist nur ein Vorwand.
Lucas senkt den Kopf:
– Das Kind muß hierbleiben. Es wartet auf die Rückkehr seiner Mutter. Es wäre nicht mitgegangen.
Peter antwortet nicht. Lucas hebt den Kopf und sieht Peter an:
– Sie haben recht. Ich will gar nicht nach drüben zu Claus. Er muß wieder herkommen, er ist ja auch weggegangen.

Peter sagt:
– Jemand, den es gar nicht gibt, kann auch nicht herkommen.
– Claus gibt es, und er kommt wieder!
Peter tritt zu Lucas und faßt ihn bei der Schulter:
– Beruhigen Sie sich. Sie müssen endlich der Realität ins Gesicht sehen. Weder Ihr Bruder noch die Mutter des Kindes werden zurückkommen, das wissen Sie genau.
Lucas sagt leise:
– Doch. Claus schon.
Er fällt vornüber aus seinem Sessel, stößt mit der Stirn an die Kante des niedrigen Tisches und bricht auf dem Teppich zusammen. Peter zieht ihn aufs Sofa, befeuchtet ein Tuch und wischt damit über Lucas' schweißnasses Gesicht.
Als Lucas wieder zu sich kommt, gibt Peter ihm zu trinken und reicht ihm eine brennende Zigarette:
– Verzeihen Sie, Lucas. Wir werden von alledem nicht mehr reden.
Lucas fragt:
– Wovon haben wir gesprochen?
– Wovon?
Peter zündet eine zweite Zigarette an:
– Von Politik natürlich.
Lucas lacht:
– Das muß ziemlich langweilig gewesen sein, daß ich dabei auf Ihrem Sofa eingeschlafen bin.
– Ja, ganz richtig, Lucas. Politik hat Sie immer gelangweilt, stimmt's?

Das Kind ist sechseinhalb Jahre alt. Am ersten Schultag will Lucas es begleiten, aber das Kind geht lieber allein. Als es mittags nach Hause kommt, fragt Lucas, ob al-

les gut verlaufen sei, und das Kind sagt, es ist alles gut verlaufen.
Auch an den folgenden Tagen sagt das Kind, daß alles in der Schule gut klappt. Und doch kommt es eines Tages mit einer Verletzung an der Wange nach Hause. Es sagt, es sei gefallen. Ein andermal ist es seine rechte Hand, die rote Stellen aufweist. An dieser Hand werden die Nägel am nächsten Tag schwarz, ausgenommen der Daumennagel. Das Kind sagt, es habe sich die Finger in einer Tür geklemmt. Wochenlang muß es zum Schreiben die linke Hand nehmen.
Eines Abends kommt das Kind mit aufgeplatzten, dick geschwollenen Lippen heim. Es kann nicht essen. Lucas fragt nicht, er gießt dem Kind Milch in den Mund und legt dann eine sandgefüllte Socke auf den Küchentisch, dazu einen spitzen Stein und ein Rasiermesser. Er sagt:
– Das waren unsere Waffen, als wir uns gegen die andern Kinder verteidigen mußten. Nimm sie. Laß dir nichts gefallen!
Das Kind sagt:
– Ihr wart zu zweit. Ich bin ganz allein.
– Auch allein muß man sich verteidigen können.
Das Kind betrachtet die Gegenstände auf dem Tisch:
– Ich kann nicht. Ich könnte nie jemand schlagen, jemand verletzen.
– Warum nicht? Die andern schlagen dich, verletzen dich.
Das Kind schaut Lucas in die Augen:
– Die Körperverletzungen, die ich hinnehmen muß, sind nicht so schlimm. Aber wenn ich jemanden verletzen müßte, wäre das etwas anderes, das könnte ich nicht ertragen.
Lucas fragt:

– Soll ich mit deinem Lehrer reden?
Das Kind sagt:
– Auf keinen Fall! Ich verbiete es dir! Tu das nur ja nicht, Lucas! Beklage ich mich denn? Bitte ich dich um Hilfe? Um deine Waffen?
Er fegt die Verteidigungswaffen vom Tisch:
– Ich bin stärker als sie alle. Mutiger, und vor allem viel klüger. Darauf kommt es einzig und allein an.
Lucas wirft den Stein und die sandgefüllte Socke in den Mülleimer. Er klappt das Rasiermesser zu und steckt es in seine Tasche:
– Ich trage es noch bei mir, aber ich mache nie mehr davon Gebrauch.
Als das Kind im Bett ist, geht Lucas zu ihm ins Zimmer und setzt sich zu ihm auf die Bettkante:
– Ich werde mich nicht mehr in deine Angelegenheiten einmischen, Mathias. Ich werde dir keine Fragen mehr stellen. Wenn du nicht mehr zur Schule gehen willst, sagst du es mir, nicht wahr?
Das Kind sagt:
– Ich werde immer auf der Schule bleiben.
Lucas fragt:
– Sag mal, Mathias, weinst du manchmal abends, wenn du allein bist?
Das Kind sagt:
– Ich bin gewohnt, allein zu sein. Ich weine nie, das weißt du doch.
– Ja, das weiß ich. Aber du lachst auch nie. Als du klein warst, lachtest du immerzu.
– Das muß vor Yasmines Tod gewesen sein.
– Was sagst du da, Mathias? Yasmine ist nicht tot.
– Doch. Sie ist tot. Das weiß ich schon lange. Sonst wäre sie schon zurückgekommen.
Nach kurzem Schweigen sagt Lucas:

– Sogar nachdem Yasmine fort war, lachtest du noch, Mathias.
Das Kind blickt zur Decke:
– Ja, vielleicht. Bevor wir aus dem Haus von Großmutter ausgezogen sind. Wir hätten nicht aus dem Haus von Großmutter ausziehen sollen.
Lucas nimmt das Gesicht des Kindes in seine Hände:
– Du hast vielleicht recht. Wir hätten vielleicht nicht aus dem Haus von Großmutter ausziehen sollen.
Das Kind schließt die Augen, Lucas küßt es auf die Stirn:
– Schlaf gut, Mathias. Wenn du zuviel Kummer hast, zu sehr leidest, und wenn du niemandem etwas davon sagen willst, schreib es auf. Das wird dir helfen.
Das Kind antwortet:
– Ich habe es schon aufgeschrieben. Ich habe alles aufgeschrieben. Alles, was ich erlebt habe, seitdem wir hier wohnen. Meine Alpträume, die Schule, alles. Ich habe auch mein großes Heft wie du. Du hast mehrere davon, ich habe nur eins, und das ist noch dünn. Nie werde ich dir erlauben, es zu lesen. Du hast mir verboten, deine zu lesen, ich verbiete dir, meins zu lesen.
Um zehn Uhr vormittags betritt ein älterer Mann mit Bart die Buchhandlung. Lucas hat ihn schon öfters gesehen. Es ist einer seiner besten Kunden. Lucas steht auf und fragt lächelnd:
– Sie wünschen, bitte?
– Ich habe alles, was ich brauche, danke. Ich bin gekommen, um mit Ihnen über Mathias zu sprechen. Ich bin sein Lehrer. Ich habe Ihnen mehrere Briefe geschickt, in denen ich Sie bat, zu mir zu kommen.
Lucas sagt:
– Ich habe keinen Brief erhalten.
– Sie haben sie jedoch unterschrieben.

Der Lehrer zieht drei Umschläge aus der Tasche und reicht sie Lucas.
– Ist das nicht Ihre Unterschrift?
Lucas betrachtet prüfend die Briefe:
– Ja und nein. Es ist meine sehr geschickt nachgemachte Unterschrift.
Der Lehrer nimmt die Briefe lächelnd wieder an sich:
– Das habe ich schließlich auch gedacht. Mathias will nicht, daß ich mit Ihnen spreche. Deshalb habe ich beschlossen, während der Unterrichtsstunden zu kommen. Ich habe einen älteren Schüler gebeten, unterdessen die Aufsicht zu führen. Wenn Sie wünschen, wird niemand von meinem Besuch bei Ihnen erfahren.
Lucas sagt:
– Ja, ich glaube, das wäre besser. Mathias hat mir verboten, mit Ihnen zu sprechen.
– Das Kind ist sehr stolz, sogar hochmütig. Es ist zweifellos auch das intelligenteste der Klasse. Trotzdem kann ich Ihnen nur den einen Rat geben: nehmen Sie das Kind von der Schule. Ich stelle Ihnen die nötigen Papiere dafür aus.
Lucas sagt:
– Mathias will auf der Schule bleiben.
– Wenn Sie wüßten, was er durchmacht! Die Grausamkeit der Kinder übersteigt alles. Die Mädchen machen sich über ihn lustig. Sie nennen ihn »Spinne«, »Buckliger«, »Bastard«. Er sitzt allein in der ersten Reihe und niemand will neben ihm sitzen. Die Jungs verhauen ihn, versetzen ihm Fußtritte oder schlagen mit den Fäusten auf ihn ein. Der Junge, der hinter ihm sitzt, hat ihm den Pultdeckel auf die Finger geknallt. Ich bin mehrmals eingeschritten, aber das hat die Sache nur verschlimmert. Sogar seine Intelligenz ist für ihn von Nachteil. Die andern Kinder ertragen nicht, daß Mathias alles

weiß, daß er überall der Beste ist. Sie sind eifersüchtig und machen ihm das Leben zur Hölle.
Lucas sagt:
– Ich weiß das, obwohl er nie mit mir darüber spricht.
– Nein, er beklagt sich nie. Er weint nicht einmal. Er hat einen ungeheuer starken Charakter. Aber er kann die vielen Demütigungen nicht ewig ertragen. Nehmen Sie ihn aus der Schule, ich komme dann jeden Abend hierher und unterrichte ihn. Es würde mir großen Spaß machen, mit einem so begabten Kind zu arbeiten.
Lucas sagt:
– Ich danke Ihnen. Aber das alles hängt nicht von mir ab. Mathias will unbedingt ganz normal zur Schule gehen wie die andern Kinder. Wenn er die Schule verließe, so würde das nur sein Anderssein, sein Behindertsein bestätigen.
Der Lehrer sagt:
– Ich verstehe. Aber er ist ja auch anders, und damit wird er sich eines Tages abfinden müssen.
Lucas schweigt, während der Lehrer auf und ab geht und sich die Bücher auf den Regalen anschaut:
– Der Laden ist geräumig. Was halten Sie davon, wenn man ein paar Tische und Stühle aufstellte und einen Lesesaal für Kinder daraus machte? Ich könnte Ihnen gebrauchte Bücher bringen, von denen ich nicht mehr weiß, wo ich sie lassen soll. So könnten die Kinder, deren Eltern kein einziges Buch besitzen, und davon gibt es viele, das können Sie mir glauben, hierher kommen und ein oder zwei Stunden in Ruhe lesen.
Lucas mustert den Lehrer:
– Sie glauben wohl, daß sich das Verhältnis zwischen Mathias und den Kindern dadurch ändern würde, stimmt's? Ja, es würde sich lohnen, es zu versuchen. Es ist vielleicht eine gute Idee, Herr Lehrer.

6

Es ist zehn Uhr abends. Peter klingelt bei Lucas. Lucas wirft ihm den Haustürschlüssel durchs Fenster zu. Peter kommt herauf und tritt ins Zimmer:
– Störe ich auch nicht?
– Keineswegs. Im Gegenteil. Ich habe Sie gesucht, aber Sie waren verschollen. Sogar Mathias war besorgt, weil Sie nicht mehr da waren.
Peter sagt:
– Das ist nett von ihm. Schläft er?
– Er ist in seinem Zimmer, aber wie soll man wissen, ob er schläft oder etwas anderes macht. Er wacht irgendwann in der Nacht auf und fängt an zu lesen, zu schreiben, nachzudenken oder zu lernen.
– Kann er uns hören?
– Wenn er will, ja.
– In dem Fall ist es mir lieber, daß Sie zu mir kommen.

– Einverstanden.
Bei sich zu Hause öffnet Peter in allen Zimmern die Fenster. Er sinkt in einen Sessel:
– Diese Hitze ist nicht auszuhalten. Suchen Sie uns etwas zu trinken, und dann setzen wir uns. Ich komme vom Bahnhof, ich war den ganzen Tag unterwegs. Ich mußte viermal umsteigen und jedesmal sehr lange auf den Anschluß warten.
Lucas schenkt etwas zu trinken ein:
– Woher kommen Sie?
– Aus meiner Heimatstadt. Der Untersuchungsrichter hat mich eiligst kommen lassen wegen Victor. Er hat in einem Anfall von *delirium tremens* seine Schwester erwürgt.
Lucas sagt:
– Der arme Victor. Haben Sie ihn gesehen?
– Ja, ich habe ihn gesehen. Er ist in einer psychiatrischen Anstalt.
– Wie ist sein Zustand?
– Sehr gut, ganz ruhig. Ein wenig aufgeschwemmt durch die Medikamente. Er freute sich, mich zu sehen, er hat nach Ihnen gefragt und nach der Buchhandlung und dem Kind. Er läßt Sie grüßen.
– Und was sagt er über seine Schwester?
– Er hat ganz gelassen zu mir gesagt: »Die Sache ist passiert, daran ist nichts mehr zu ändern.«
Lucas fragt:
– Was wird aus ihm werden?
– Ich weiß es nicht. Der Prozeß hat noch nicht stattgefunden. Ich denke, daß er in der Anstalt bleibt bis ans Ende seiner Tage. Victor gehört nicht ins Gefängnis. Ich habe ihn gefragt, was ich für ihn tun könnte, und er hat mir gesagt, ich sollte ihm regelmäßig etwas zum Schreiben schicken. »Papier und Bleistifte, mehr brauche ich

nicht. Hier werde ich endlich mein Buch schreiben können«, hat er gesagt.

– Ja, Victor wollte ein Buch schreiben. Er hat mit mir darüber gesprochen, als ich ihm die Buchhandlung abkaufte. Deshalb hat er ja auch alles verkauft.

– Ja, und er hat schon mit dem Schreiben des Buches begonnen. Peter holt einen Stoß getippter Blätter aus seiner Aktentasche:

– Ich habe sie im Zug gelesen. Nehmen Sie sie mit, lesen Sie sie und geben Sie sie mir wieder. Er hat sie auf der Maschine geschrieben, neben ihm die Leiche seiner Schwester. Er hat sie erwürgt und sich sogleich an den Schreibtisch gesetzt, um zu schreiben. So hat man die beiden gefunden, in Victors Zimmer, die Schwester erwürgt auf dem Bett liegend, Victor an der Schreibmaschine, Schnaps trinkend und Zigarren rauchend. Es waren die Kundinnen seiner Schwester, die am nächsten Tag die Polizei gerufen haben. Am Tage des Verbrechens ist Victor aus dem Haus gegangen, hat Geld bei der Bank abgehoben und sich Schnaps, Zigaretten und Zigarren gekauft. Den Kundinnen, die zur Anprobe bestellt waren und vor der Tür warteten, hat er gesagt, daß es seiner Schwester nicht gut gehe wegen der Hitze und daß man sie nicht stören solle. Aber die Kundinnen ließen sich nicht abweisen, und da sie wohl unbedingt ihre neuen Kleider haben wollten, kamen sie am nächsten Tag wieder, klopften an die Tür, redeten darüber mit den Nachbarinnen, fanden das Ganze sonderbar und beschlossen am Ende, die Polizei zu benachrichtigen. Die Polizisten haben die Tür aufgebrochen und fanden Victor, der im tiefsten Rausch immer noch seelenruhig sein Manuskript weitertippte. Er hat sich widerstandslos abführen lassen, nur die vollgeschriebenen Blätter hat er mitgenommen. Lesen Sie sie. Trotz der vielen Fehler ist es lesbar und sehr interessant.

Lucas geht mit dem Manuskript von Victor nach Hause und macht sich in der Nacht daran, es in sein Heft zu übertragen.

Es ist der 15. August, die Hitze dauert seit drei Wochen an. Man kann sie weder drinnen noch draußen ertragen. Nichts hilft dagegen. Ich mag keine Hitze, ich mag keinen Sommer. Einen regnerischen, frischen Sommer schon, aber die Hitze hat mich immer richtig krank gemacht.
Ich habe gerade meine Schwester erwürgt. Sie liegt auf meinem Bett, ich habe sie mit einem Laken zugedeckt. Bei dieser Hitze wird man die Verwesung bald riechen. Einerlei. Ich werde später darüber nachdenken. Ich habe die Haustür abgeschlossen, und wenn geklopft wird, mache ich nicht auf. Ich habe auch die Fenster geschlossen und die Fensterläden zugeklappt.
Ich habe fast zwei Jahre mit meiner Schwester zusammengelebt. Ich habe die Buchhandlung verkauft und auch das Haus, das ich in einer weit entfernten Stadt, nahe an der Grenze, besaß. Ich bin zu meiner Schwester gezogen, um ein Buch zu schreiben. In der kleinen fernen Stadt schien mir das nicht möglich, weil ich vor lauter Einsamkeit krank und zum Trinker geworden wäre. Ich hatte angenommen, daß ich hier, bei meiner Schwester, die sich um den Haushalt, die Mahlzeiten und die Kleidung kümmern würde, ein gesundes, ausgeglichenes Leben führen könnte, so daß ich endlich das Buch schreiben könnte, das ich immer schreiben wollte. Leider wurde mir das ruhige, beschauliche Leben, das ich mir ausgemalt hatte, sehr bald zur Hölle.
Meine Schwester überwachte, bespitzelte mich unablässig. Sie hat mir sofort nach meiner Ankunft verboten zu

trinken und zu rauchen, und wenn ich von einer Besorgung oder einem Spaziergang zurückkam, küßte sie mich liebevoll, aber ich wußte wohl, daß sie nur feststellen wollte, ob ich nach Alkohol oder Tabak roch.
Ich habe ein paar Monate auf Alkohol verzichtet, aber ich war nicht imstande, auch ohne Tabak auszukommen. Ich rauchte heimlich wie ein Kind, ich kaufte mir eine Zigarre oder eine Schachtel Zigaretten und ging damit in den Wald. Beim Nachhausekommen kaute ich Tannennadeln oder lutschte Pfefferminzbonbons, um den Geruch loszuwerden. Ich rauchte auch nachts bei offenem Fenster, sogar im Winter.
Oft setzte ich mich mit einem Stoß Schreibpapier an meinen Schreibtisch, aber mein Kopf war vollkommen leer.
Was hätte ich schreiben können? In meinem Leben passierte ja nichts, es war nie etwas passiert, und um mich herum auch nicht. Nichts, was des Aufschreibens wert gewesen wäre. Außerdem störte mich meine Schwester immerzu, sie kam unter allen möglichen Vorwänden in mein Zimmer. Sie brachte mir Tee, sie staubte die Möbel ab, hängte saubere Anzüge in den Schrank. Sie beugte sich auch über meine Schulter, um zu sehen, ob ich mit dem Schreiben vorankäme. Aus diesem Grund mußte ich ein Blatt nach dem andern füllen, und da ich nicht wußte womit, schrieb ich Texte aus Büchern ab, irgendwelchen Büchern. Manchmal las meine Schwester einen Satz über meine Schulter hinweg, fand den Satz schön und ermutigte mich mit einem zufriedenen Lächeln.
Es bestand keine Gefahr, daß sie mir auf die Schliche kommen würde, denn sie las nie, sie hat womöglich kein einziges Buch in ihrem Leben gelesen, sie hatte keine Zeit dazu, denn von klein auf hat sie von früh bis spät gearbeitet.

Abends mußte ich ins Wohnzimmer kommen:
– Du hast genug gearbeitet heute. Wir wollen uns ein bißchen unterhalten.
Während sie nähte, mit der Hand oder auf ihrer alten Tretmaschine, erzählte sie. Von ihren Nachbarinnen, ihren Kundinnen, von Kleidern und Stoffen, von ihrem Erschöpftsein und dem Opfer, das sie für das Werk und den Erfolg ihres Bruders Victor brachte, für mich.
Ich mußte dasitzen, ohne Tabak, ohne Alkohol, und mir ihr dummes Geschwätz anhören. Wenn sie sich schließlich in ihr Zimmer zurückzog, ging ich in meins, zündete mir eine Zigarre oder eine Zigarette an, nahm ein Blatt Papier und schrieb darauf lauter Schimpfwörter, die sich gegen meine Schwester und ihre dämlichen Kundinnen mit ihren lächerlichen Kleidern richteten. Ich versteckte das Blatt unter anderen, auf denen nur unzusammenhängende Abschriften aus irgendwelchen Büchern standen.
Zu Weihnachten schenkte mir meine Schwester eine Schreibmaschine:
– Dein Manuskript ist schon ganz dick, du wirst wahrscheinlich bald mit deinem Buch fertig sein. Danach muß es abgetippt werden. Du hast ja in der Handelsschule Maschinenschreiben gelernt, und wenn du auch ein wenig davon vergessen hast, weil dir die Praxis fehlt, so wirst du bald wieder in Übung sein.
Ich war völlig verzweifelt, aber meiner Schwester zuliebe habe ich mich sofort an meinen Schreibtisch gesetzt und, ganz unbeholfen, ein paar Seiten abgetippt, die ich schon aus irgendeinem Buch abgeschrieben hatte. Meine Schwester sah mir zu und nickte befriedigt:
– Das geht gar nicht so schlecht, Victor, ich bin erstaunt, es geht sogar recht gut. Bald wirst du wieder ebenso schnell tippen wie früher.
Kaum war ich allein, da habe ich die abgeschriebenen

Seiten nachgelesen. Es waren lauter Tippfehler, ein konfuses Durcheinander.
Ein paar Tage später, als ich von meinem »Gesundheits«-Spaziergang zurückkam, bin ich in einer Vorortkneipe eingekehrt. Ich wollte mich nur etwas aufwärmen und eine Tasse Tee trinken, denn meine Hände und Füße waren kalt und wie abgestorben wegen meines schlechten Kreislaufs. Ich habe mich an einen Tisch in der Nähe des Ofens gesetzt, und als der Kellner mich fragte, was ich wünschte, habe ich geantwortet:
– Einen Tee.
Dann habe ich hinzugefügt:
– Mit Rum.
Ich weiß nicht, warum ich das hinzugefügt habe, ich wollte es gar nicht, und doch hatte ich es getan. Ich habe meinen Tee mit Rum getrunken und noch einen Rum verlangt, ohne Tee diesmal, und später einen dritten Rum. Ich habe mich besorgt umgesehen. Die Stadt ist nicht sehr groß, fast jeder kennt dort meine Schwester. Wenn sie durch ihre Kundinnen oder durch ihre Nachbarinnen erführe, daß ich in eine Kneipe gegangen war! Aber ich sah nur müde, gleichgültige, geistesabwesende Männergesichter um mich herum, und da verschwand meine Sorge. Ich trank noch einen Rum und verließ die Kneipe. Ich ging mit unsicheren Schritten, ich hatte seit mehreren Monaten nichts mehr getrunken, der Alkohol ist mir sehr schnell zu Kopf gestiegen.
Ich wußte nicht, wie ich nach Hause kommen sollte. Ich hatte Angst vor meiner Schwester. Ich lief ein Weilchen verloren durch die Straßen, dann kaufte ich in einem Laden eine Schachtel Pfefferminzbonbons und steckte zwei davon sofort in den Mund. Als ich zahlen wollte, sagte ich ganz gelassen zur Verkäuferin, ohne daß ich wußte warum und ohne es eigentlich zu wollen:

– Geben Sie mir auch eine Flasche Pflaumenschnaps, zwei Schachteln Zigaretten und drei Zigarren.
Ich habe die Flasche in die Innentasche meines Mantels gesteckt. Draußen schneite es, ich fühlte mich vollkommen glücklich. Ich hatte keine Angst mehr, nach Hause zu gehen, ich hatte keine Angst mehr vor meiner Schwester. Als ich zu Hause ankam, rief sie aus dem Zimmer, das ihr als Nähzimmer diente:
– Ich muß schnell etwas fertigmachen, Victor. Dein Essen steht warm im Backofen. Ich esse später.
Ich habe schnell in der Küche gegessen, habe mich in mein Zimmer zurückgezogen und die Tür abgeschlossen. Es war das erste Mal, daß ich wagte, abzuschließen. Als meine Schwester hereinkommen wollte, habe ich geschrien, zu schreien gewagt:
– Stör mich nicht! Ich habe gerade großartige Einfälle! Ich muß sie aufschreiben, bevor sie verflogen sind.
Meine Schwester hat ganz unterwürfig geantwortet:
– Ich wollte dich nicht stören. Ich wollte dir nur gute Nacht sagen.
– Gute Nacht, Sophie!
Sie ging immer noch nicht weg.
– Ich hatte eine sehr anspruchsvolle Kundin. Ihr Kleid muß für Neujahr fertig sein. Verzeih, Victor, daß du allein essen mußtest.
– Das macht nichts, habe ich freundlich geantwortet, geh zu Bett, Sophie, es ist spät.
Nach kurzem Schweigen hat sie gefragt:
– Warum hast du deine Tür abgeschlossen, Victor? Das war doch wirklich nicht nötig.
Ich habe einen Schluck Schnaps getrunken, um mich zu beruhigen:
– Ich will nicht gestört werden. Ich schreibe.
– Das ist gut. Das ist sehr gut, Victor.

Ich habe die Flasche Schnaps getrunken, es war nur ein halber Liter, ich habe zwei Zigarren und unzählig viele Zigaretten geraucht. Ich habe die Kippen aus dem Fenster geworfen. Es schneite immer noch. Der Schnee fiel auf die Kippen und die leere Flasche, die ich auch aus dem Fenster warf, weit auf die Straße hinaus.
Am nächsten Morgen hat meine Schwester an die Tür geklopft. Ich habe nicht geantwortet. Sie hat noch mal geklopft. Ich habe geschrien:
– Laß mich schlafen!
Ich habe gehört, wie sie wegging.
Ich bin erst um zwei Uhr nachmittags aufgestanden. Mein Essen und meine Schwester erwarteten mich in der Küche. Hier unser Gespräch.
– Ich habe das Essen dreimal wieder warm gemacht.
– Ich habe keinen Hunger. Mach mir einen Kaffee.
– Es ist zwei Uhr. Wie kannst du nur so lange schlafen?
– Ich habe bis fünf Uhr früh geschrieben. Ich bin ein Künstler. Ich habe das Recht zu arbeiten, wann ich will, wann immer die Inspiration es erlaubt. Schreiben ist nicht dasselbe wie Kleidernähen. Merke dir das, Sophie.
Meine Schwester sah mich bewundernd an:
– Du hast recht, Victor, verzeih mir. Wirst du bald mit deinem Buch fertig sein?
– Ja, bald.
– Was für ein Glück! Es wird ein sehr schönes Buch sein. Die wenigen Abschnitte, die ich gelesen habe, haben mich davon überzeugt.
Ich dachte:
– Arme Irre!
Ich trank immer mehr, ich wurde leichtsinnig. Ich ließ versehentlich Zigarettenschachteln in den Taschen meines Mantels. Meine Schwester, die ihn angeblich bür-

sten und ausklopfen wollte, stöberte in den Taschen herum. Eines Tages kam sie in mein Zimmer und hielt eine halbleere Schachtel drohend in der Hand:
– Du rauchst!
Ich erwiderte trotzig:
– Ja, ich rauche. Ich kann nicht schreiben, ohne zu rauchen.
– Du hattest mir versprochen, nicht mehr zu rauchen!
– Ich hatte es mir selbst auch versprochen. Aber ich habe gemerkt, daß ich, ohne zu rauchen, nicht schreiben kann. Es ist eine schwerwiegende Entscheidung für mich, Sophie. Wenn ich aufhöre zu rauchen, höre ich auch auf zu schreiben. Ich habe beschlossen, daß ich besser weiterhin rauche und schreibe, als zu leben, ohne zu schreiben. Ich bin bald mit meinem Buch fertig, du solltest mir die Freiheit lassen, Sophie, mein Buch zu beenden, und es ist egal, ob ich rauche oder nicht.
Meine Schwester hat sich, ganz beeindruckt, zurückgezogen und ist dann mit einem Aschenbecher wiedergekommen, den sie auf meinen Schreibtisch gestellt hat:
– Rauche doch, es ist nicht so schlimm, und wenn es um dein Buch geht …
Beim Trinken habe ich folgende Taktik angewandt: ich kaufte in den verschiedenen Stadtvierteln mehrere Liter Schnaps, wobei ich darauf achtete, nicht zweimal nacheinander in dasselbe Geschäft zu gehen. Ich brachte die Flasche in der Innentasche meines Mantels mit heim, versteckte sie im Schirmständer auf dem Flur, und wenn meine Schwester das Haus verließ oder zu Bett ging, holte ich mir die Flasche, schloß mich damit in meinem Zimmer ein und trank und rauchte bis tief in die Nacht hinein.
Ich mied die Kneipen, ich kehrte nüchtern von meinem Spaziergang heim, und es ging alles gut zwischen meiner

Schwester und mir bis zum Frühling dieses Jahres, als Sophie anfing, ungeduldig zu werden:
– Wirst du endlich mal mit deinem Buch fertig, Victor? Das kann nicht so weitergehen. Du stehst nie vor zwei Uhr nachmittags auf, du siehst schlecht aus, du wirst noch krank davon und ich auch.
– Es ist fertig, Sophie. Ich muß es jetzt korrigieren und abtippen. Das ist viel Arbeit.
– Ich hätte nie gedacht, daß es so lange dauert, ein Buch zu schreiben.
– Ein Buch ist kein Kleid, Sophie, vergiß das nicht.

Es wurde Sommer. Ich litt entsetzlich unter der Hitze. Ich verbrachte meine Nachmittage im Wald, ausgestreckt unter den Bäumen. Manchmal schlief ich ein, ich hatte wirre Träume. Eines Abends überraschte mich ein Gewitter, ein schreckliches Gewitter im Schlaf. Es war der vierzehnte August. Ich bin so schnell, wie es mit meinem kranken Bein möglich war, aus dem Wald herausgelaufen. Ich habe in der ersten besten Kneipe Schutz gesucht. Arbeiter, einfache Leute saßen dort und tranken. Sie freuten sich alle über das Gewitter, denn es hatte mehrere Monate nicht geregnet. Ich bestellte eine Limonade, sie lachten, und einer von ihnen hielt mir ein Glas Rotwein hin. Ich nahm es an. Dann bestellte ich eine Flasche und spendierte jedem ein Glas. Das dauerte so lange wie es regnete, ich bestellte eine Flasche nach der andern, ich fühlte mich wunderbar wohl, umgeben von einer warmen Freundschaft. Ich gab alles Geld aus, was ich bei mir hatte. Meine Kumpel gingen einer nach dem andern fort, ich aber hatte keine Lust, nach Hause zu gehen, ich fühlte mich einsam, ich hatte kein Zuhause, ich wußte nicht, wohin ich gehen sollte, ich wäre gern wieder in mein Haus, meine Buchhandlung in der kleinen fernen Stadt gegangen, die der ideale Ort für mich war, das wußte ich jetzt ganz sicher, ich hätte diese Grenzstadt nie verlassen dürfen, um zu meiner Schwester zu ziehen, die ich seit meiner Kindheit haßte.

Der Kneipenwirt sagte:

– Wir schließen!

Auf der Straße hat mein linkes Bein, das kranke, nicht mehr mitgemacht, und ich bin gefallen.

An das Weitere kann ich mich nicht erinnern. Ich bin schweißgebadet in meinem Bett aufgewacht. Ich traute mich nicht aus dem Zimmer. Nach und nach fiel mir alles wieder ein. Lustige derbe Gesichter in einer Vorstadtkneipe... Später dann der Regen, der Dreck... die Uniform der Polizisten, die mich zurückbrachten... Das aufgelöste Gesicht meiner Schwester... und wie ich sie beschimpfte... das Lachen der Polizisten...

Das Haus war still. Draußen schien wieder die Sonne, die Hitze war zum Ersticken.

Ich bin aufgestanden, habe meinen alten Koffer unterm Bett hervorgeholt und meine Anziehsachen hineingepackt. Es war die einzige Lösung. So schnell wie möglich weg von hier. Der Kopf schwirrte mir. Meine Augen, mein Mund, mein Hals brannten. Mir wurde schwindlig, ich mußte mich setzen. Ich dachte, daß ich in diesem Zustand nie zum Bahnhof gelangen würde. Ich kramte im Papierkorb und fand eine kaum angebrochene Flasche Schnaps. Ich setzte sie an den Mund. Ich fühlte mich besser. Ich faßte mir an den Kopf. Ich hatte eine schmerzhafte Beule hinter dem linken Ohr. Ich griff wieder zur Flasche und führte sie gerade zum Mund, als meine Schwester ins Zimmer

kam. Ich habe die Flasche hingestellt und gewartet. Meine Schwester wartete ebenfalls. Das Schweigen dauerte lange. Sie durchbrach es als erste mit einer ruhigen, befremdenden Stimme:
– Was hast du mir zu sagen?
– Nichts,
sagte ich.
Da hat sie gebrüllt:
– Das ist zu einfach! Das wäre zu einfach! Der Herr hat nichts zu sagen! Er läßt sich sturzbetrunken von der Polizei aus dem Dreck auflesen, und der Herr hat nichts zu sagen!
Ich sagte:
– Laß mich. Ich gehe weg.
Sie zischte:
– Ja, das sehe ich, du packst deinen Koffer. Aber wohin gehst du armer Trottel, wohin gehst du ohne Geld?
– Ich habe noch Geld auf der Bank vom Verkauf der Buchhandlung.
– Ach ja? Ich frage mich, was von deinem Geld noch übrig ist. Du hast deine Buchhandlung billig verkauft, und das wenige Geld, das du dafür bekommen hast, hast du fürs Trinken und für Zigaretten rausgeworfen.
Ich hatte ihr natürlich nie etwas von den Gold- und Silberstücken erzählt, auch nicht von den Schmuckstükken, die ich obendrein bekommen hatte und die ebenfalls in der Bank deponiert waren. Ich antwortete nur:
– Mir bleibt noch genug, um abzureisen.
Sie sagte:
– Und ich? Ich habe nie etwas bekommen. Ich habe dich beköstigt, beherbergt und betreut. Wer zahlt mir das alles zurück?
Ich habe meinen Koffer zugeklappt:
– Ich zahle es zurück. Laß mich gehn.

Sie wurde plötzlich sanft und sagte:
– Sei nicht kindisch, Victor. Ich verzeihe dir ein letztes Mal. Was gestern abend passiert ist, war eine Ausnahme, ein Rückfall. Alles wird anders, sobald du dein Buch fertig hast.
Ich habe gefragt:
– Welches Buch?
Sie hat mein »Manuskript« hochgehoben:
– Dieses Buch. Dein Buch.
– Ich habe keine einzige Zeile davon geschrieben.
– Es sind fast zweihundert getippte Seiten.
– Ja, zweihundert aus irgendwelchen Büchern abgeschriebene Seiten.
– Abgeschrieben? Das verstehe ich nicht.
– Du wirst nie etwas verstehen. Diese zweihundert Seiten habe ich aus Büchern abgeschrieben. Keine einzige Zeile ist von mir.
Sie sah mich an. Ich habe die Flasche hochgehoben und getrunken. Lange. Sie hat den Kopf geschüttelt:
– Ich glaube dir nicht. Du bist betrunken. Du redest irgendwas daher. Warum solltest du das getan haben?
Ich sagte spöttisch:
– Damit du glaubst, daß ich schreibe. Aber ich kann hier nicht schreiben. Du störst mich, du belauerst mich ununterbrochen, du hinderst mich am Schreiben, dein Anblick, allein deine Anwesenheit in diesem Haus hindern mich am Schreiben. Du machst alles kaputt, zunichte, du zerstörst alles, was schöpferisch ist, das Leben, die Freiheit, die Inspiration. Seit meiner Kindheit hörst du nicht auf, mich zu überwachen, zu gängeln, fix und fertig zu machen, seit der Kindheit!
Sie schwieg einen Augenblick und sagte dann, den Blick auf den Fußboden des Zimmers, auf den abgewetzten Teppich gerichtet:

– Ich habe alles für deine Arbeit, dein Buch geopfert. Meine eigene Arbeit, meine Kundinnen, meine letzten Jahre. Ich ging auf Zehenspitzen, um dich nicht zu stören. Und du hast in den zwei Jahren, die du beinahe hier bist, keine einzige Zeile geschrieben? Du tust nichts anderes als essen, trinken und rauchen! Du bist ein Faulpelz, ein Nichtsnutz, ein Säufer, ein Parasit! Ich habe all meinen Kundinnen das Erscheinen deines Buches angekündigt! Und du hast nichts geschrieben? Die ganze Stadt wird mich auslachen! Du hast mein Haus entehrt! Ich hätte dich in deinem schmutzigen kleinen Kaff und in deiner dreckigen Buchhandlung verrecken lassen sollen. Du hast über zwanzig Jahre allein dort gelebt, warum hast du dort kein Buch geschrieben, wo ich dich nicht störte, wo niemand dich störte? Warum? Weil du gar nicht imstande bist, auch nur eine Zeile eines noch so mittelmäßigen Buches zu schreiben, nicht mal in der günstigsten Situation und unter den besten Voraussetzungen.

Ich trank immer weiter, während sie sprach und hörte meine eigene Stimme, die ihr antwortete, als käme sie aus einem anderen Raum. Ich sagte zu ihr, daß sie recht habe, daß ich nicht das geringste schreiben könnte, schreiben konnte, so lange sie am Leben sei. Ich erinnerte sie an unsere sexuellen Erfahrungen als Kinder, zu denen sie uns anregte, da sie mehrere Jahre älter war als ich, und die mich mehr schockiert hatten, als sie sich vorstellen konnte.

Meine Schwester antwortete, daß es nur kindliche Spielereien gewesen seien, daß es sich nicht gehöre, auf so etwas zurückzukommen, erst recht nicht, weil sie Jungfrau geblieben sei und sie »sowas« schon lange nicht mehr interessiere.

Ich sagte, daß ich wüßte, daß »sowas« sie nicht interes-

sierte, sie begnüge sich damit, die Hüften und Brüste ihrer Kundinnen zu streicheln, ich hätte sie bei Anproben beobachtet und gesehen, mit welchem Vergnügen sie ihre jungen Kundinnen berührte, die hübscher waren, als sie es je gewesen sei, sie sei immer verderbt gewesen.
Ich sagte ihr, daß sich nie irgendein Mann für sie interessieren konnte wegen ihrer Häßlichkeit und ihres geheuchelten Puritanismus. Daraufhin habe sie sich ihren Kundinnen zugewandt und so getan als müsse sie Maß nehmen oder den Stoff glätten, sie habe sich bei diesen schönen jungen Frauen, die bei ihr Kleider bestellten, zu Streicheleien hinreißen lassen.
Meine Schwester sagte:
– Das übersteigt alles, Victor, das reicht!
Sie hat die Flasche ergriffen, meine Schnapsflasche, und hat sie an der Schreibmaschine zerschlagen, so daß der Schnaps sich über den Schreibtisch ergoß. Mit dem abgebrochenen Flaschenhals in der Hand ist sie auf mich zugekommen.
Ich bin aufgestanden, habe ihren Arm gepackt und ihr das Handgelenk verdreht, und sie hat die Flasche losgelassen. Wir sind aufs Bett gefallen, ich habe mich auf sie gelegt, meine Hände haben ihren mageren Hals umspannt, und als sie aufhörte, sich zu wehren, ergoß sich mein Samen über sie.

Am nächsten Tag gibt Lucas das Manuskript von Victor an Peter zurück.
Ein paar Monate später fährt Peter abermals in seine Heimatstadt, um dem Prozeß beizuwohnen. Er bleibt mehrere Wochen fort. Bei seiner Rückkehr kommt er kurz in die Buchhandlung, streichelt Mathias über den Kopf und sagt zu Lucas:

– Kommen Sie heute abend zu mir.
Lucas sagt:
– Es scheint etwas Ernstes zu sein, Peter.
Peter schüttelt den Kopf:
– Stellen Sie mir jetzt keine Fragen. Bis später.
Als Peter hinausgeht, wendet sich das Kind zu Lucas:
– Ist etwas mit Peter passiert?
– Nein, nicht mit Peter, aber mit einem seiner Freunde, fürchte ich.
Das Kind sagt:
– Das ist dasselbe, das ist vielleicht noch schlimmer.
Lucas drückt Mathias an sich:
– Du hast recht. Das ist manchmal schlimmer.
Als er bei Peter ist, fragt Lucas:
– Und?
Peter leert in einem Zug das Glas Schnaps, das er sich eingeschenkt hat:
– Und? Zum Tode verurteilt. Gestern morgen gehängt. Trinken Sie!
– Sie sind betrunken, Peter!
Peter hebt die Flasche hoch, prüft den Stand der Flüssigkeit und witzelt:
– Ja, ich habe schon die halbe Flasche ausgetrunken. Ich trete Victors Nachfolge an.
Lucas steht auf:
– Ich komme ein andermal wieder. Es hat keinen Sinn zu reden, wenn Sie in diesem Zustand sind.
Peter sagt:
– Im Gegenteil. Ich kann nur in diesem Zustand von Victor reden. Setzen wir uns. Nehmen Sie das, es gehört Ihnen. Victor schickt es Ihnen.
Er schiebt Lucas einen kleinen Leinenbeutel zu.
Lucas fragt:
– Was ist das?

– Goldstücke und Schmuck. Und auch Geld. Victor hat keine Zeit gehabt, es auszugeben. Er hat zu mir gesagt: »Geben Sie das alles Lucas zurück. Er hat für das Haus und die Buchhandlung zuviel bezahlt. Ihnen, Peter, vererbe ich mein Haus, das Haus meiner Schwester und unserer Eltern. Wir haben keine Erben, weder meine Schwester noch ich haben einen Erben. Verkaufen Sie das Haus, es ist verflucht, ein Fluch liegt darauf seit unserer Kindheit. Verkaufen Sie es und kehren Sie in die kleine ferne Stadt zurück, an jenen idealen Ort, den ich nie hätte verlassen sollen.«
Nach kurzem Schweigen sagt Lucas:
– Sie hatten ein milderes Urteil für Victor vorhergesehen. Sie hatten sogar gehofft, daß er dem Gefängnis entgehen würde und seine Tage in einer Anstalt beenden könnte.
– Ich habe mich getäuscht, das ist alles. Ich konnte nicht vorhersehen, daß die Psychiater Victor als voll verantwortlich für seine Taten erklären würden, und auch nicht, daß Victor sich bei seinem Prozeß wie ein Idiot aufführen würde. Er hat keinerlei Schuldgefühl gezeigt, kein Bedauern, keine Reue. Er hat nur immerfort wiederholt: »Ich mußte es tun, ich mußte sie umbringen, es war die einzige Lösung, damit ich mein Buch schreiben konnte.« Die Richter waren der Meinung, daß man nicht das Recht habe, jemanden zu töten unter dem Vorwand, daß diese Person einen am Schreiben eines Buches hindere. Sie erklärten auch, daß es zu leicht sei, ein paar Gläser zu trinken, ehrenwerte Leute umzubringen und dann ungeschoren davonzukommen. Sie sind zu dem Schluß gekommen, daß Victor ein egoistischer, perverser Typ ist, der gefährlich ist für die Gesellschaft. Außer mir haben alle Zeugen sich gegen ihn ausgesprochen und zugunsten seiner Schwe-

ster, die ein vorbildliches, ehrenwertes Leben geführt habe und von allen geschätzt wurde, besonders von ihren Kundinnen.

Lucas fragt:

– Konnten Sie außerhalb des Prozesses mit ihm zusammensein?

– Nach der Verurteilung, ja. Ich durfte in seine Zelle gehen und so lange bei ihm bleiben, wie ich wollte. Ich habe ihm bis zum letzten Tag Gesellschaft geleistet.

– Hatte er Angst?

– Angst? Ich glaube, das ist nicht das richtige Wort. Anfangs glaubte er nicht daran, konnte nicht daran glauben, hoffte er auf Gnade, auf ein Wunder, ich weiß es nicht. An dem Tag, als er sein Testament schrieb und signierte, machte er sich gewiß keine Illusionen mehr. Am letzten Abend hat er zu mir gesagt: »Ich weiß, daß ich sterben werde, Peter, aber ich verstehe es nicht. Statt einer Leiche, der meiner Schwester, wird es nun eine zweite geben, meine. Aber wer braucht einen zweiten Leichnam? Gott ganz bestimmt nicht. Er hat kein Interesse an unseren Leibern. Die Gesellschaft? Sie bekäme ein Buch oder mehrere, wenn sie mich am Leben ließe statt eines zweiten Kadavers, der niemandem von Nutzen ist.«

Lucas fragt:

– Waren Sie bei der Hinrichtung dabei?

– Nein. Er hatte mich darum gebeten, aber ich habe nein gesagt. Sie finden mich wohl feige, was?

– Das wäre nicht das erste Mal. Aber ich kann Sie verstehen.

– Hätten Sie denn dabei sein können?

– Wenn er mich darum gebeten hätte, ja.

7

Die Buchhandlung wird in einen Lesesaal verwandelt. Ein paar Kinder gehen schon regelmäßig hin, um dort zu lesen oder zu zeichnen, andere kommen zufällig herein, wenn ihnen kalt ist oder sie vom langen Spielen im Schnee müde sind. Diese bleiben kaum eine Viertelstunde, gerade lange genug, um sich aufzuwärmen und dabei in ein paar Bilderbüchern zu blättern. Es gibt auch welche, die durchs Schaufenster hereingucken und weglaufen, sobald Lucas herauskommt und sie auffordert hineinzugehen.
Von Zeit zu Zeit kommt Mathias aus der Wohnung herunter, setzt sich mit einem Buch neben Lucas, geht nach ein oder zwei Stunden wieder nach oben und kommt erst wieder zum Vorschein, wenn geschlossen wird. Er mischt sich nicht unter die andern Kinder. Wenn alle gegangen sind, ordnet er die Bücher wieder

ein, leert den Papierkorb, stellt die Stühle auf die Tische und wischt den schmutzigen Fußboden. Er stellt auch die Rechnung auf:
– Sie haben uns wieder sieben Buntstifte gestohlen, außerdem drei Bücher, und sie haben -zig Blätter verschmiert.
Lucas sagt:
– Das macht nichts, Mathias. Wenn sie fragten, würde ich ihnen das alles schenken. Sie sind schüchtern, sie nehmen es lieber heimlich mit. Es ist nicht schlimm.
Am Ende eines Nachmittags, als alle schweigend lesen, schiebt Mathias Lucas ein Blatt Papier zu. Darauf steht geschrieben: »Sieh die Frau da!« Hinter der Fensterscheibe, auf der dunklen Straße sieht man den Schatten einer Frau, eine Silhouette ohne Gesicht, die in den erhellten Innenraum der Buchhandlung hereinschaut. Lucas steht auf, und der Schatten verschwindet.
Mathias sagt flüsternd:
– Sie verfolgt mich überall. In den Pausen blickt sie mich über den Zaun des Schulhofs hin an. Auf dem Heimweg läuft sie hinter mir her.
Lucas fragt:
– Spricht sie mit dir?
– Nein. Einmal, vor ein paar Tagen, hat sie mir einen Apfel gereicht, aber ich habe ihn nicht genommen. Ein andermal, als vier Jungs mich in den Schnee gelegt haben und mich ausziehen wollten, hat sie die vier ausgeschimpft und geohrfeigt. Ich bin weggelaufen.
– Sie ist also nicht böse, sie hat dich verteidigt.
– Ja, aber warum? Sie hat gar keinen Grund, mich zu verteidigen. Und warum läuft sie hinter mir her? Warum schaut sie mich an? Ich habe Angst vor ihrem Blick. Ich habe Angst vor ihren Augen.
Lucas sagt:

– Achte nicht weiter darauf, Mathias. Viele Frauen haben ihre Kinder im Krieg verloren. Sie können es nicht vergessen. Also schließen sie sich an ein anderes Kind an, das sie an das erinnert, das sie verloren haben.

Mathias spottet:

– Das sollte mich wundern, wenn ich jemand an ein anderes Kind erinnerte.

Am Abend klingelt Lucas bei der Tante von Yasmine. Sie öffnet das Fenster:

– Was wollen Sie?

– Mit Ihnen reden.

– Ich habe keine Zeit. Ich muß zur Arbeit.

– Ich werde warten.

Als sie aus dem Haus kommt, sagt Lucas:

– Ich begleite Sie. Arbeiten Sie oft nachts?

– Alle drei Wochen. Wie die andern auch. Worüber wollen Sie mit mir sprechen? Über meine Arbeit?

– Nein. Über das Kind. Ich möchte Sie nur bitten, es in Ruhe zu lassen.

– Ich habe ihm nichts getan.

– Ich weiß. Aber Sie laufen hinter ihm her, Sie sehen es an. Das verwirrt es. Verstehen Sie?

– Ja. Der arme Kleine. Sie hat ihn zurückgelassen...

Sie gehen schweigend durch die verschneite leere Straße. Die Frau versteckt ihr Gesicht in ihrem Schal, ihre Schultern zucken vor lautlosen Schluchzern.

Lucas fragt:

– Wann wird Ihr Mann wieder frei sein?

– Mein Mann? Er ist tot. Wußten Sie das nicht?

– Nein. Das tut mir leid.

– Offiziell hat er sich das Leben genommen. Aber ich habe von einem, der ihn von da kannte und freikam, erfahren, daß es kein Selbstmord war. Es waren

seine Zellengenossen, die ihn umgebracht haben, weil er das mit seiner Tochter gemacht hat.
Sie stehen jetzt vor der großen, von Neonlampen erhellten Textilfabrik. Von allen Seiten kommen fröstelnde, eilige Gestalten heran und verschwinden durch die Metalltür. Selbst hier ist das Maschinengedröhn ohrenbetäubend.
Lucas fragt:
– Wenn Ihr Mann nicht tot wäre, hätten Sie ihn wieder aufgenommen?
– Ich weiß nicht. Er hätte sowieso nicht gewagt, wieder in diese Stadt zu kommen. Ich denke, daß er in die Hauptstadt gefahren wäre und Yasmine gesucht hätte.
Da heult die Fabriksirene. Lucas sagt:
– Ich gehe jetzt. Sie kommen sonst zu spät.
Die Frau hebt ihr blasses, noch junges Gesicht empor, in dem die großen schwarzen Augen von Yasmine funkeln:
– Jetzt, wo ich allein bin, könnte ich vielleicht, wenn es Ihnen recht ist, wenn Sie einverstanden sind, das Kind zu mir nehmen.
Lucas brüllt lauter als die Fabriksirene:
– Mathias nehmen? Niemals! Er gehört mir, mir ganz allein! Ich verbiete Ihnen, ihm nahezukommen, ihn anzusehen, mit ihm zu reden, hinter ihm herzulaufen!
Die Frau weicht zur Fabriktür zurück:
– Beruhigen Sie sich. Sind Sie verrückt? Es war ja nur ein Vorschlag.
Lucas macht kehrt und rennt zur Buchhandlung. Dort lehnt er sich an die Hauswand und wartet, bis sein Herz sich beruhigt.

Ein junges Mädchen kommt in die Buchhandlung, stellt sich vor Lucas hin und lächelt:

– Kennen Sie mich nicht mehr, Lucas?
– Müßte ich Sie kennen?
– Agnes.
Lucas überlegt:
– Ich verstehe nicht, tut mir leid, mein Fräulein.
– Wir sind doch alte Freunde. Ich bin einmal zu Ihnen gekommen, um Musik zu hören. Allerdings war ich damals erst sechs. Sie wollten mir eine Schaukel bauen.
Lucas sagt:
– Ich erinnere mich. Ihre Tante Leonie hatte Sie geschickt.
– Ja, richtig. Sie ist inzwischen gestorben. Diesmal schickt mich der Fabrikdirektor, damit ich Bilderbücher für die Kinder im Kindergarten kaufe.
– Sie arbeiten in der Fabrik? Sie gehören doch noch in die Schule.
Agnes errötet.
– Ich bin fünfzehn. Ich bin voriges Jahr von der Schule abgegangen. Ich arbeite nicht in der Fabrik, ich bin Kindergärtnerin. Die Kinder rufen mich Fräulein.
Lucas lacht:
– Ich habe Sie auch Fräulein genannt.
Sie streckt Lucas einen Geldschein hin:
– Geben Sie mir Bücher und auch Blätter und Buntstifte zum Zeichnen.
Agnes kommt oft. Sie sucht lange auf den Regalen nach Büchern, sie setzt sich zu den Kindern und liest und zeichnet mit ihnen.
Als Mathias sie zum ersten Mal sieht, sagt er zu Lucas:
– Das ist eine sehr schöne Frau.
– Eine Frau? Sie ist doch noch ein junges Mädchen.
– Sie hat einen Busen, sie ist kein junges Mädchen mehr.
Lucas betrachtet Agnes' Busen, der durch einen roten Pullover besonders zur Geltung kommt:

– Du hast recht Mathias, sie hat einen Busen. Ich hatte das gar nicht bemerkt.
– Ihre Haare auch nicht? Sie hat sehr schönes Haar. Sieh nur, wie es im Licht glänzt.
Lucas betrachtet Agnes' langes blondes Haar, das im Licht glänzt.
Mathias sagt weiter:
– Sieh nur ihre schwarzen Wimpern.
Lucas sagt:
– Das ist Khol.
– Ihren Mund.
– Das ist Lippenstift. In ihrem Alter sollte sie sich nicht schminken.
– Du hast recht, Lucas. Sie wäre auch ohne Schminke schön.
Lucas lacht:
– Und du, in deinem Alter, du solltest noch gar nicht nach Mädchen gucken.
– Die Mädchen in meiner Klasse sehe ich auch nicht an. Die sind dumm und häßlich.
Agnes steht auf und steigt auf die Trittleiter, um ein Buch herunterzuholen. Ihr Rock ist sehr kurz, man sieht ihre Strumpfhalter und ihre schwarzen Strümpfe, die eine Laufmasche haben. Als sie es merkt, befeuchtet sie ihren Zeigefinger und versucht, mit ihrer Spucke die Masche aufzuhalten. Dazu muß sie sich bücken, und da sieht man auch ihr weißes Höschen mit den rosa Blümchen, ein Kinderhöschen.
Eines Abends bleibt sie, bis der Laden geschlossen wird. Sie sagt zu Lucas:
– Ich helfe Ihnen beim Saubermachen.
Lucas sagt:
– Mathias macht sauber. Er macht das sehr gut.
Mathias sagt zu Agnes:

– Wenn Sie mir helfen würden, wäre ich schneller fertig, und ich könnte Pfannkuchen mit Marmelade für Sie backen, wenn Sie die mögen.
Agnes sagt:
– Jeder mag Pfannkuchen mit Marmelade.
Lucas geht hinauf in sein Zimmer. Ein wenig später ruft Mathias ihn:
– Komm zum Essen, Lucas.
Sie essen in der Küche Pfannkuchen mit Marmelade und trinken Tee. Lucas sagt kein Wort, Agnes und Mathias lachen viel.
Nach dem Essen sagt Mathias:
– Man muß Agnes nach Hause begleiten. Es ist dunkel.
Agnes sagt:
– Ich kann allein nach Hause gehen. Ich habe keine Angst in der Nacht.
Lucas sagt:
– Kommen Sie. Ich begleite Sie.
Vor Agnes' Haus angekommen, fragt Agnes:
– Wollen Sie nicht hereinkommen?
– Nein.
– Warum nicht?
– Sie sind noch ein Kind, Agnes.
– Nein, ich bin kein Kind mehr. Ich bin eine Frau. Sie wären nicht der erste, der in mein Zimmer kommt. Meine Eltern sind nicht da. Sie arbeiten. Und auch wenn sie da wären ... Ich habe mein eigenes Zimmer, und da kann ich tun und lassen, was ich will.
Lucas sagt:
– Gute Nacht, Agnes. Ich muß gehen.
Agnes sagt:
– Ich weiß, wohin Sie gehen. In die kleine Straße da hinten, zu den Soldatenflittchen.
– Stimmt. Aber das geht Sie nichts an.

Am nächsten Tag sagt Lucas zu Mathias:
– Bevor du jemanden zu uns zum Essen einlädst, könntest du mich um meine Meinung fragen.
– Gefällt Agnes dir nicht? Schade. Sie ist in dich verliebt. Das sieht man. Deinetwegen kommt sie so oft.
Lucas sagt:
– Du hast viel Phantasie, Mathias.
– Möchtest du sie nicht heiraten?
– Heiraten? Wie kommst du darauf! Nein, bestimmt nicht.
– Warum nicht? Wartest du noch auf Yasmine? Sie kommt nicht mehr.
Lucas sagt:
– Ich heirate niemand.

Es ist Frühling. Die Tür, die zum Garten führt, steht offen. Mathias kümmert sich um seine Pflanzen und seine Tiere. Er hat ein weißes Kaninchen, mehrere Katzen und den schwarzen Hund, den Joseph ihm geschenkt hat. Er wartet auch ungeduldig darauf, daß die Küken ausschlüpfen, die eine Glucke im Hühnerstall ausbrütet.
Lucas betrachtet den Raum, in dem die Kinder über ihre Bücher gebeugt dasitzen und in ihre Lektüre vertieft sind.
Ein kleiner Junge blickt auf, lächelt Lucas an. Er hat blondes Haar und blaue Augen, er ist zum ersten Mal da.
Lucas kann seinen Blick nicht von dem Kind abwenden. Er setzt sich hinter den Ladentisch, schlägt ein Buch auf und sieht weiter das unbekannte Kind an. Plötzlich durchzuckt ein stechender Schmerz seine linke Hand, die auf dem Buch liegt. Ein Zirkel steckt in seinem Hand-

rücken. Halb erstarrt vor Schmerz, wendet er sich langsam zu Mathias:
– Warum hast du das getan?
Mathias pfeift durch die Zähne:
– Ich will nicht, daß du ihn ansiehst!
– Ich sehe niemanden an.
– Doch! Lüg nicht! Ich habe gesehen, wie du ihn ansiehst. Ich will nicht, daß du ihn so ansiehst!
Lucas zieht den Zirkel heraus und drückt sein Taschentuch auf die Wunde:
– Ich gehe nach oben, um die Wunde zu säubern.
Als er wieder herunterkommt, sind die Kinder nicht mehr da, Mathias hat den eisernen Vorhang vor der Tür heruntergelassen:
– Ich habe ihnen gesagt, daß wir heute früher schließen.
Lucas nimmt Mathias in seine Arme, trägt ihn in die Wohnung und legt ihn auf sein Bett:
– Was hast du, Mathias?
– Warum hast du den blonden Jungen so angeschaut?
– Er hat mich an jemanden erinnert.
– An jemanden, den du geliebt hast?
– Ja, an meinen Bruder.
– Du sollst keinen andern lieben als mich, nicht mal deinen Bruder.
Lucas schweigt, das Kind fährt fort:
– Es hilft nichts, intelligent zu sein. Man ist besser hübsch und blond. Wenn du heiraten würdest, könntest du solche Kinder haben wie den blonden Jungen, wie deinen Bruder. Du hättest richtige eigene Kinder, schön und blond, nicht verkrüppelt. Ich bin nicht dein Sohn. Ich bin Yasmines Sohn.
Lucas sagt:
– Du bist mein Sohn. Ich will kein anderes Kind.
Er zeigt seine verbundene Hand:

– Du hast mir weh getan, weißt du das?
Das Kind sagt:
– Du hast mir auch weh getan, du weißt es nur nicht.
Lucas sagt:
– Ich wollte dir nicht weh tun. Du mußt eins wissen, Mathias: der einzige Mensch auf der Welt, der für mich zählt, bist du.
Das Kind sagt:
– Ich glaube dir nicht. Nur Yasmine hat mich wirklich geliebt, und sie ist tot. Das habe ich dir schon mehrmals gesagt.
– Yasmine ist nicht tot. Sie ist nur fortgegangen.
– Sie wäre nicht ohne mich fortgegangen, also ist sie tot.
Das Kind sagt weiter:
– Der Lesesaal muß wieder abgeschafft werden. Wie kamst du nur darauf, einen Lesesaal zu eröffnen?
– Ich habe es für dich getan. Ich dachte, daß du dadurch Freunde finden würdest.
– Ich will keine Freunde. Und ich habe dich nie um einen Lesesaal gebeten. Ich bitte dich vielmehr, ihn zu schließen.
Lucas sagt:
– Ich werde ihn schließen. Ich werde den Kindern morgen abend sagen, daß sie bei dem schönen Wetter draußen lesen und zeichnen können.
Der kleine blonde Junge kommt am nächsten Tag wieder. Lucas sieht ihn nicht an. Er starrt auf die Zeilen und Buchstaben eines Buches. Mathias sagt:
– Du wagst ihn nicht mehr anzusehen? Und doch tätest du es gerne. Seit fünf Minuten hast du in deinem Buch keine Seite mehr umgeschlagen.
Lucas klappt das Buch zu und verbirgt sein Gesicht in seinen Händen.

Agnes kommt in die Buchhandlung, Mathias läuft ihr entgegen, sie begrüßt ihn mit einem Kuß. Mathias fragt:
– Warum sind Sie nicht mehr gekommen?
– Ich hatte keine Zeit. Ich war zu einem Kurs in der Nachbarstadt, um Erzieherin zu werden. Ich kam nur selten nach Hause.
– Aber jetzt bleiben Sie in unserer Stadt?
– Ja.
– Kommen Sie heute abend zu uns zum Pfannkuchenessen?
– Ich käme gerne, aber ich muß mich um meinen kleinen Bruder kümmern. Unsere Eltern arbeiten.
Mathias sagt:
– Bringen Sie Ihren kleinen Bruder doch mit. Es sind genug Pfannkuchen da. Ich geh' rauf und mach' den Teig.
– Und ich räume für dich den Laden auf.
Mathias geht nach oben in die Wohnung, Lucas sagt zu den Kindern:
– Ihr könnt die Bücher mitnehmen, die auf den Tischen liegen. Das Papier auch, und jeder eine Schachtel Buntstifte. Während der schönen Jahreszeit sollt ihr nicht hier drinnen sein. Lest und zeichnet in euren Gärten oder in den Parks. Wenn euch was fehlt, könnt ihr kommen und mich danach fragen.
Die Kinder gehen aus dem Raum, schließlich ist nur noch der kleine blonde Junge da, der brav an seinem Platz sitzt. Lucas fragt ihn sanft:
– Und du? Gehst du nicht nach Hause?
Das Kind antwortet nicht, Lucas wendet sich zu Agnes:
– Ich wußte nicht, daß es Ihr Bruder ist. Ich wußte nichts von ihm.
– Er ist schüchtern. Er heißt Samuel. Ich habe ihm geraten, hierherzugehen, jetzt wo er lesen kann. Er ist der kleine Nachzügler. Mein Bruder Simon arbeitet

schon seit fünf Jahren in der Fabrik. Er ist Lastwagenfahrer.
Das blonde Kind steht auf und faßt seine Schwester bei der Hand:
– Gehen wir Pfannkuchenessen bei dem Herrn?
Agnes sagt:
– Ja, wir wollen nach oben gehen. Wir müssen Mathias helfen.
Sie steigen die Treppe hinauf, die zur Wohnung führt. In der Küche rührt Mathias den Pfannkuchenteig.
Agnes sagt:
– Mathias, das ist mein kleiner Bruder. Er heißt Samuel. Ihr könntet Freunde werden, ihr seid ungefähr gleich alt.
Mathias macht große Augen, er läßt den Holzlöffel sinken und geht aus der Küche. Agnes wendet sich zu Lucas:
– Was ist los?
Lucas sagt:
– Mathias will sicher etwas aus seinem Zimmer holen. Fangen Sie schon mit dem Backen an, Agnes, ich bin gleich wieder da.
Lucas geht zu Mathias ins Zimmer. Das Kind liegt auf seiner Bettdecke und sagt:
– Laß mich in Ruhe. Ich will schlafen.
– Du hast sie eingeladen, Mathias. Es ist eine Frage der Höflichkeit.
– Ich habe Agnes eingeladen. Ich wußte nicht, daß das ihr Bruder ist.
– Ich auch nicht. Ich wußte es auch nicht. Gib dir einen Ruck, Agnes zuliebe, Mathias. Du hast sie doch gern, stimmt's?
– Und du liebst ihren Bruder. Als ich euch beide in die Küche kommen sah, wurde mir klar, was eine richtige

Familie ist. Blonde hübsche Eltern mit ihrem blonden hübschen Kind. Ich habe keine Familie. Ich habe weder Mutter noch Vater, ich bin nicht blond, ich bin häßlich und verwachsen.
Lucas drückt ihn an sich:
– Mathias, mein kleiner Junge. Du bist mein ganzes Leben.
Mathias lächelt:
– Gut, gehen wir essen.
In der Küche ist der Tisch gedeckt, und in der Mitte steht ein großer Berg Pfannkuchen.
Agnes redet viel, sie steht oft auf, um Tee einzuschenken. Sie kümmert sich ebenso um ihren kleinen Bruder wie um Mathias.
– Marmelade? Käse? Schokolade?
Lucas beobachtet Mathias. Er ißt wenig, er betrachtet unverwandt das blonde Kind. Das blonde Kind ißt viel, es lächelt Lucas an, wenn ihre Augen sich begegnen, es lächelt seine Schwester an, wenn sie ihm etwas reicht, aber wenn seine blauen Augen den schwarzen von Mathias begegnen, senkt es den Blick.
Agnes macht mit Mathias den Abwasch. Lucas geht in sein Zimmer hinauf. Mathias ruft ihm später zu:
– Agnes und ihr Bruder müssen nach Haus gebracht werden.
Agnes sagt:
– Wir haben wirklich keine Angst, allein nach Hause zu gehen.
Mathias läßt nicht locker:
– Es ist eine Frage der Höflichkeit. Geh mit.
Lucas begleitet sie nach Hause. Er wünscht ihnen gute Nacht und setzt sich dann im Park des Schlaflosen auf eine Bank.

Der Schlaflose sagt:
– Es ist halb vier. Um elf Uhr hat das Kind in seinem Zimmer ein Feuer angemacht. Ich habe mir erlaubt, es zurechtzuweisen, obwohl das nicht meine Art ist. Ich fürchtete einen Brand. Ich habe das Kind gefragt, was es da mache, es hat mir geantwortet, ich sollte mir keine Sorgen machen, es verbrenne nur seine verpatzten Aufgaben in einem Blecheimer am Fenster. Ich habe es gefragt, warum es nicht seine Papiere im Küchenherd verbrenne, und es hat geantwortet, es habe keine Lust, deshalb in die Küche zu gehen. Das Feuer ist bald danach verlöscht, und ich habe das Kind nicht mehr gesehen und auch nichts mehr gehört.
Lucas steigt die Treppe hinauf, geht in sein Zimmer, dann in das des Kindes. Am Fenster steht ein Blecheimer mit verbranntem Papier. Das Bett des Kindes ist leer. Auf dem Kopfkissen ein blaues geschlossenes Heft. Auf dem weißen Schildchen steht geschrieben: DAS HEFT VON MATHIAS. Lucas schlägt das Heft auf. Es sind nur leere Seiten darin und die Spuren von herausgerissenen Blättern. Lucas schiebt den dunkelroten Vorhang beiseite. Neben den Skeletten der Mutter und des Babys hängt der kleine Körper von Mathias, schon blau.
Der Schlaflose hört einen langen brüllenden Schrei. Er geht auf die Straße hinunter und klingelt bei Lucas. Keine Antwort. Der Alte steigt die Treppe hinauf, tritt in Lucas' Zimmer, sieht eine andere Tür und öffnet sie. Lucas liegt auf dem Bett und hält den Körper des Kindes an seine Brust gedrückt.
– Lucas?
Lucas antwortet nicht, seine weit geöffneten Augen starren zur Decke.
Der Schlaflose geht wieder hinunter auf die Straße und klingelt bei Peter. Peter öffnet ein Fenster:

– Was ist los, Michael?
– Lucas braucht Sie. Es ist ein großes Unglück geschehen. Kommen Sie.
– Gehen Sie heim, Michael. Ich werde mich um alles kümmern.
Er steigt zu Lucas hinauf. Er sieht den Blecheimer und die beiden auf dem Bett liegenden Körper. Er schiebt den Vorhang beiseite, entdeckt die Skelette und an demselben Haken ein abgeschnittenes Stück Seil. Er geht wieder zum Bett, schiebt sanft die Leiche des Kindes beiseite und versetzt Lucas zwei Ohrfeigen:
– Wachen Sie auf!
Lucas schließt die Augen, Peter schüttelt ihn:
– Sagen Sie mir, was passiert ist!
Lucas sagt:
– Es ist Yasmine. Sie hat ihn mir wieder weggenommen.
Peter sagt hart:
– Sagen Sie diesen Satz nie wieder vor irgendeinem andern. Haben Sie mich verstanden? Sehen Sie mich an!
Lucas sieht Peter an:
– Ja, ich habe verstanden. Was muß ich jetzt tun, Peter?
– Nichts. Bleiben Sie liegen. Ich bringe Ihnen was zur Beruhigung. Ich kümmere mich auch um die Formalitäten.
Lucas umschlingt Mathias' Leib:
– Danke, Peter. Ich brauche keine Beruhigungsmittel.
– Nein? Dann versuchen Sie wenigstens zu weinen. Wo sind Ihre Schlüssel?
– Ich weiß es nicht. Vielleicht stecken sie noch in der Haustür.
– Ich schließe Sie ein. Sie dürfen in diesem Zustand nicht nach draußen gehen. Ich komme wieder.

Peter findet in der Küche einen Sack, nimmt die beiden Skelette herunter, läßt sie in den Sack gleiten und nimmt sie mit zu sich.

Lucas und Peter folgen Josephs Karren, auf dem der Sarg des Kindes steht.
Auf dem Friedhof sitzt der Totengräber auf einem Haufen Erde und ißt Speck mit Zwiebeln.
Mathias wird in dem Grab von Lucas' Großmutter und Großvater begraben.
Als der Totengräber das Loch wieder zugeschaufelt hat, pflanzt Lucas selbst das Kreuz darauf, auf dem steht: »Mathias« und zwei Daten. Das Kind hat sieben Jahre und vier Monate gelebt.
Joseph fragt:
– Soll ich Sie mit zurück nehmen, Lucas?
Lucas sagt:
– Fahren Sie, Joseph, und vielen Dank. Vielen Dank für alles.
– Es hat keinen Sinn hierzubleiben.
Peter sagt:
– Kommen Sie, Joseph. Ich fahre mit Ihnen.
Lucas hört, wie der Karren sich entfernt. Er setzt sich ans Grab. Die Vögel singen.
Eine schwarzgekleidete Frau geht schweigend vorbei und legt einen Veilchenstrauß unten ans Kreuz.
Später kommt Peter zurück. Er berührt Lucas an der Schulter:
– Kommen Sie. Es wird bald dunkel.
Lucas sagt:
– Ich kann ihn nicht hier lassen, allein in der Nacht. Er hat Angst vor der Nacht. Er ist noch so klein.
– Nein, jetzt hat er keine Angst mehr. Kommen Sie, Lucas.

Lucas steht auf, starrt auf das Grab:
– Ich hätte ihn mit seiner Mutter weggehen lassen sollen. Ich habe einen tödlichen Fehler begangen, Peter, als ich das Kind um jeden Preis behalten wollte.
Peter sagt:
– Jeder von uns begeht in seinem Leben einen tödlichen Fehler, und wenn er uns bewußt wird, ist das Nichtwiedergutzumachende schon geschehen.
Sie gehen hinunter in die Stadt. Vor der Buchhandlung fragt Peter:
– Wollen Sie mit zu mir kommen oder gehen Sie lieber nach Hause?
– Ich gehe lieber nach Hause.
Lucas geht nach Hause. Er setzt sich an seinen Schreibtisch, betrachtet die geschlossene Tür des Kinderzimmers, öffnet ein Schulheft und schreibt:
»Mit Mathias geht alles gut. Er ist immer der Klassenbeste und hat auch keine Alpträume mehr.«
Lucas schlägt das Heft zu, geht aus dem Haus, geht zum Friedhof und schläft auf dem Grab des Kindes ein.
Im Morgengrauen weckt ihn der Schlaflose:
– Kommen Sie, Lucas. Es ist an der Zeit, die Buchhandlung zu öffnen.
– Ja, Michael.

8

Claus kommt mit dem Zug an. Der kleine Bahnhof ist unverändert, aber für die Reisenden steht jetzt ein Autobus bereit.
Claus nimmt den Bus nicht, er geht zu Fuß zum Stadtzentrum. Die Kastanien blühen, die Straße ist genauso leer und still wie früher.
Am Hauptplatz bleibt Claus stehen. An der Stelle der bescheidenen, niedrigen Häuser steht jetzt ein großer zweistöckiger Bau. Es ist ein Hotel. Claus geht hinein und fragt die Empfangsdame:
– Wann ist dieses Hotel erbaut worden?
– Vor ungefähr zehn Jahren. Wollen Sie ein Zimmer?
– Ich weiß es noch nicht. Ich komme in ein paar Stunden wieder. Können Sie meinen Koffer unterdessen aufbewahren?
– Sehr gern.

Claus macht sich wieder auf den Weg, durchquert die Stadt, läßt die letzten Häuser hinter sich und schlägt einen ungeteerten Weg ein, der ihn zu einem Sportplatz führt. Claus geht quer über den Platz und setzt sich am Ufer des Baches ins Gras. Etwas später kommen Kinder und spielen Ball. Claus fragt eines von ihnen:
– Gibt es diesen Sportplatz schon lange?
Das Kind zuckt mit den Achseln:
– Den Sportplatz? Der war doch immer da.
Claus kehrt in die Stadt zurück, steigt hinauf zum Schloß, dann zum Friedhof. Er sucht lange, aber er findet das Grab der Großmutter und des Großvaters nicht mehr. Er geht wieder hinunter in die Stadt, setzt sich auf dem Hauptplatz auf eine Bank und sieht den Leuten zu, die ihre Besorgungen machen, von der Arbeit nach Hause gehen oder zum Vergnügen unterwegs sind, zu Fuß oder mit dem Rad. Es gibt nur wenig Autos. Als die Geschäfte schließen, leert sich der Platz, und Claus geht wieder ins Hotel.
– Ich nehme ein Zimmer, Fräulein.
– Für wie viele Tage?
– Das weiß ich noch nicht.
– Darf ich Sie um Ihren Paß bitten?
– Bitte sehr.
– Sie sind Ausländer? Wo haben Sie unsere Sprache so gut gelernt?
– Hier. Ich bin in dieser Stadt aufgewachsen.
Sie schaut ihn an:
– Das ist also schon lange her.
Claus lacht:
– Sehe ich so alt aus?
Die junge Frau errötet:
– Nein, nein, das wollte ich nicht sagen. Ich gebe Ihnen unser schönstes Zimmer, es sind fast alle frei, die Saison hat noch nicht begonnen.

– Kommen viele Touristen?
– Im Sommer ja. Ich empfehle Ihnen auch unser Restaurant.
Claus steigt in sein Zimmer hinauf, in die erste Etage. Die beiden Fenster gehen auf den Platz hinaus.
Claus ißt im leeren Restaurant und geht wieder in sein Zimmer hinauf. Er öffnet den Koffer, hängt seine Sachen in den Schrank, zieht einen Sessel vor eines der Fenster und blickt hinunter auf die leere Straße. Die alten Häuser auf der anderen Seite des Platzes sind stehengeblieben. Man hat sie restauriert, rosa, gelb, blau und grün angestrichen. Im Erdgeschoß eines jeden Hauses befindet sich ein Laden oder ein größeres Geschäft: Lebensmittel, »Andenken«, Molkereiprodukte, »Mode«. Die Buchhandlung ist noch in demselben blauen Haus wie früher, als Claus noch ein Kind war und Papier und Bleistifte dort kaufte.

Am nächsten Tag geht Claus wieder zum Sportplatz, zum Schloß, zum Friedhof und zum Bahnhof. Wenn er müde ist, geht er in eine Kneipe oder setzt sich in einen Park. Am späten Nachmittag kommt er wieder zum Hauptplatz und geht in die Buchhandlung hinein.
Ein weißhaariger Mann sitzt hinterm Ladentisch und liest im Schein einer Bürolampe. Der Laden liegt im Halbdunkel, es ist kein Kunde da. Der weißhaarige Mann steht auf:
– Entschuldigen Sie, ich habe vergessen, Licht anzumachen.
Der Raum und die Schaufenster werden hell. Der Mann fragt:
– Sie wünschen?
Claus sagt:

– Lassen Sie sich nicht stören. Ich schaue mich nur um.
Der Mann nimmt seine Brille ab:
– Lucas!
Claus lächelt:
– Sie kennen meinen Bruder! Wo ist er?
Der Mann wiederholt:
– Lucas!
– Ich bin Lucas' Bruder. Ich heiße Claus.
– Machen Sie keine Witze, Lucas, ich bitte Sie.
Claus zieht seinen Paß aus der Tasche:
– Sehen Sie selbst.
Der Mann betrachtet prüfend den Paß:
– Das beweist gar nichts.
Claus sagt:
– Tut mir leid, aber ich habe nichts anderes, um meine Identität zu beweisen. Ich bin Claus T. und auf der Suche nach meinem Bruder Lucas. Sie kennen ihn. Er hat Ihnen sicher von mir erzählt, von seinem Bruder Claus.
– Ja, er hat mir oft von Ihnen erzählt, aber ich muß gestehen, daß ich nie an Ihre Existenz geglaubt habe.
Claus lacht:
– Wenn ich mit jemandem über Lucas sprach, hat man mir nicht geglaubt, mir auch nicht. Seltsam, finden Sie nicht?
– Nein, eigentlich nicht. Kommen Sie, setzen wir uns dorthin.
Er deutet auf einen niedrigen Tisch und ein paar Sessel hinten im Laden, vor der offenen Fenstertür zum Garten.
– Wenn Sie nicht Lucas sind, muß ich mich vorstellen. Ich heiße Peter. Peter N. Aber wenn Sie nicht Lucas sind, warum sind Sie ausgerechnet hier hereingekommen?
Claus sagt:

– Ich bin gestern angekommen. Als erstes bin ich zum Haus der Großmutter gegangen, aber es ist nicht mehr da. Es ist ein Sportplatz an der Stelle. Hierhinein bin ich nur, weil es schon in meinen Kindertagen eine Buchhandlung war. Wir haben hier oft Papier und Bleistifte gekauft. Ich erinnere mich noch an den Mann, dem sie damals gehörte. Ein blaßer, dicker Mann. Ich hatte gehofft, ihn hier anzutreffen.
– Victor?
– Ich weiß nicht, wie er hieß. Ich habe es nie gewußt.
– Er hieß Victor. Er ist tot.
– Kein Wunder. Er war damals schon nicht mehr ganz jung.
– Stimmt.
Peter sieht, wie der Garten langsam im Dunkel verschwimmt. Claus sagt:
– Ich war so naiv zu glauben, daß ich Lucas noch im Haus der Großmutter antreffen würde, nach so vielen Jahren. Wo ist er?
Peter schaut weiter ins Dunkel hinaus:
– Ich weiß es nicht.
– Gibt es in der Stadt jemanden, der es wissen könnte?
– Nein, ich glaube nicht.
– Haben Sie ihn gut gekannt?
Peter schaut Claus in die Augen:
– So gut, wie man einen Menschen nur kennen kann.
Peter beugt sich über den Tisch und packt Claus bei den Schultern:
– Schluß, Lucas, Schluß mit der Komödie! Es hilft nichts! Schämen Sie sich nicht, mir das anzutun?
Claus macht sich los, steht auf:
– Ich merke wohl, daß Lucas und Sie sich sehr nahe standen.
Peter läßt sich in seinen Sessel fallen:

– Ja, sehr. Entschuldigen Sie, Claus. Ich habe Lucas kennengelernt, als er fünfzehn war. Mit dreißig ist er auf und davon gegangen.
– Auf und davon? Sie wollen sagen, daß er die Stadt verlassen hat?
– Diese Stadt und vielleicht auch dieses Land. Und er kommt heute mit einem anderen Vornamen zurück. Ich habe die Spielerei mit Ihren Vornamen immer dumm gefunden.
– Unser Großvater hatte diesen doppelten Vornamen: Claus-Lucas. Unsere Mutter, die ihren Vater sehr gern hatte, hat uns seine beiden Vornamen gegeben. Es ist nicht Lucas, der vor Ihnen steht, Peter, es ist Claus.
Peter steht auf:
– Gut, Claus. In dem Fall muß ich Ihnen etwas übergeben, was Ihr Bruder mir anvertraut hat. Warten Sie.
Peter geht hinauf in die Wohnung und kommt kurz danach mit fünf großen Schulheften wieder herunter:
– Nehmen Sie die hier. Sie gehören Ihnen. Anfangs waren es viel mehr, aber er nahm sie immer wieder vor, korrigierte sie und strich alles, was nicht unbedingt nötig ist. Ich glaube, wenn er Zeit genug gehabt hätte, hätte er alles gestrichen.
Claus schüttelt den Kopf:
– Nein, nicht alles. Das Wesentliche hätte er stehenlassen. Für mich.
Er nimmt die Hefte, lächelt:
– Dies ist endlich der Beweis dafür, daß es Lucas gibt. Vielen Dank, Peter. Hat sie niemand gelesen?
– Niemand außer mir.
– Ich wohne im Hotel gegenüber. Ich komme wieder.

Claus liest die ganze Nacht, blickt nur hin und wieder auf und schaut auf die Straße hinunter.
Über der Buchhandlung bleiben zwei von den drei Fenstern der Wohnung lange hell, das dritte ist dunkel.
Am Morgen zieht Peter den eisernen Vorhang vor dem Laden hoch. Claus geht zu Bett. Nach zwölf verläßt Claus das Hotel und ißt etwas in einer der einfachen Kneipen der Stadt, wo man zu jeder Tageszeit etwas Warmes serviert bekommt.
Der Himmel ist bedeckt. Claus geht wieder zum Sportplatz und setzt sich an den Bach. Er bleibt dort sitzen, bis es Abend wird und anfängt zu regnen. Als Claus am Hauptplatz ankommt, ist die Buchhandlung schon geschlossen. Claus klingelt an der Wohnungstür. Peter beugt sich aus dem Fenster:
– Die Tür ist nicht abgeschlossen. Ich habe auf Sie gewartet. Sie brauchen nur heraufzukommen.
Claus trifft Peter in der Küche an. Mehrere Töpfe stehen dampfend auf dem Herd. Peter sagt:
– Das Essen ist noch nicht fertig. Ich habe Schnaps. Wollen Sie welchen?
– Ja. Ich habe die Hefte gelesen. Was ist danach geschehen? Nach dem Tod des Kindes?
– Nichts. Lucas hat weitergearbeitet. Morgens öffnete er den Laden und abends schloß er ihn. Er bediente die Kunden, ohne ein Wort zu sagen. Er sprach fast überhaupt nicht mehr. Manche Leute hielten ihn für stumm. Ich ging oft zu ihm, und wir spielten schweigend miteinander Schach. Er spielte schlecht. Er las nicht mehr, schrieb nicht mehr. Ich glaube, er aß sehr wenig und schlief fast nie mehr. Das Licht in seinem Zimmer blieb die ganze Nacht an, aber er war gar nicht da. Er lief in den dunklen Straßen der Stadt

herum und auf den Friedhof. Er sagte, der ideale Ort zum Schlafen sei das Grab eines geliebten Menschen. Peter verstummt, schenkt zu trinken ein. Claus sagt:
– Und dann? Weiter, Peter.
– Nun ja, fünf Jahre später, als man den Sportplatz anlegte, habe ich erfahren, daß man am Ufer die Leiche einer Frau gefunden hat, ganz in der Nähe des Hauses Ihrer Großmutter. Ich habe es Lucas gesagt. Er hat mir gedankt, und am nächsten Tag war er verschwunden. Kein Mensch hat ihn seitdem wiedergesehen. Auf seinem Schreibtisch hat er einen Brief hinterlassen, mit dem er mir das Haus und die Buchhandlung anvertraute. Das Traurigste an der Geschichte ist, Claus, daß man die Leiche von Yasmine nicht identifizieren konnte. Die Behörden haben die Sache schnell erledigt. Leichen finden sich überall in der Erde dieses unglücklichen Landes seit dem Krieg und der Revolution. Diese Leiche konnte die von irgendeiner Frau sein, die versucht hat, über die Grenze zu gehen und auf eine Mine getreten ist. Man hätte Lucas nicht belastet.
Claus sagt:
– Er könnte jetzt zurückkommen. Es ist verjährt.
– Ja, ich nehme an, daß es nach zwanzig Jahren verjährt ist.
Peter schaut Claus in die Augen:
– Richtig, Claus. Lucas könnte jetzt zurückkommen.
Claus hält Peters Blick stand:
– Ja, Peter. Es ist anzunehmen, daß Lucas zurückkommt.
– Man sagt, daß er sich im Wald versteckt hält und nach Dunkelheit in den Straßen der Stadt herumirrt. Aber das ist nur Gerede.
Peter schüttelt den Kopf:

– Kommen Sie in mein Zimmer, Claus. Ich werde Ihnen Lucas' Brief zeigen.
Claus liest:
»Ich überlasse mein Haus und die Buchhandlung, die dazugehört, Peter N. – vorausgesetzt, daß er *für ihre Instandhaltung* sorgt bis zu meiner Rückkehr oder, andernfalls, bis zur Rückkehr meines Bruders Claus T. Gezeichnet: Lucas T.«
Peter sagt:
– *Für ihre Instandhaltung* hat er unterstrichen. Ob Sie nun Claus oder Lucas sind, dieses Haus gehört jetzt Ihnen.
– Hören Sie, Peter, ich bin nur für kurze Zeit hergekommen, mein Visum gilt nur dreißig Tage. Ich bin Einwohner eines anderen Landes, und Sie wissen doch, daß kein Ausländer irgendeinen Besitz hier haben darf.
Peter sagt:
– Sie können aber das Geld annehmen, das vom Gewinn der Buchhandlung stammt und das ich seit zwanzig Jahren jeden Monat auf der Bank deponiere.
– Wovon leben Sie denn?
– Ich habe eine Beamtenpension und Victors Haus, das ich vermiete. Ich halte die Buchhandlung nur Ihnen beiden zuliebe. Ich führe ganz genau Buch, Sie können sich davon überzeugen.
Claus sagt:
– Vielen Dank, Peter. Ich brauche kein Geld, und ich habe nicht die geringste Lust, mir Ihre Buchhaltung anzusehen. Ich bin nur wiedergekommen, um meinen Bruder zu treffen.
– Warum haben Sie ihm nie geschrieben?
– Wir hatten beschlossen, uns zu trennen. Diese Trennung mußte radikal sein. Eine Grenze war nicht genug, es gehörte auch eine Schweigepause dazu.

– Und doch sind Sie zurückgekommen. Warum?
– Die Prüfung hat lange genug gedauert. Ich bin abgekämpft und krank, und ich will Lucas wiedersehen.
– Sie wissen, daß Sie ihn nicht wiedersehen werden.

Eine Frauenstimme ruft aus dem Nebenzimmer:
– Ist da jemand, Peter? Wer ist da?
Claus schaut Peter an:
– Haben Sie eine Frau? Sind Sie verheiratet?
– Nein, es ist Clara.
– Clara? Ist sie denn nicht tot?
– Man hielt sie für tot, ja. Aber sie war nur im Lager. Kurz nachdem Lucas verschwunden war, ist sie zurückgekommen. Sie hatte keine Arbeit und kein Geld. Sie suchte Lucas. Ich habe sie bei mir aufgenommen, das heißt hier. Sie bewohnt das kleine Zimmer, das Zimmer des Kindes. Ich sorge für sie. Wollen Sie sie sehen?
– Ja, ich möchte sie gern sehen.
Peter öffnet die Tür zum Zimmer.
– Clara, wir haben einen Freund zu Besuch.
Claus tritt ins Zimmer. Clara sitzt in einem Schaukelstuhl am Fenster, eine Decke über den Knien, einen Schal um die Schultern. Sie hält ein Buch, aber sie liest nicht. Ihr Blick verliert sich in der Fensteröffnung. Sie schaukelt.
Claus sagt:
– Guten Abend, Clara.
Clara sieht ihn nicht an, sie rezitiert in gleichbleibendem Ton:
– Es regnet wie immer. Ein feiner kalter Regen, der auf die Häuser, Bäume und Gräber fällt. Als *sie* zu mir kommen, läuft der Regen über ihre aufgelösten Gesichter. *Sie* schauen mich an, und die Kälte wird durch-

dringender. Meine Wände schützen mich nicht mehr. Sie haben mich nie geschützt. Ihre Festigkeit ist nur Einbildung, ihre Weiße besudelt.
Plötzlich ändert sich ihre Stimme:
– Ich habe Hunger, Peter! Wann essen wir? Bei Ihnen wird nie pünktlich gegessen.
Peter geht zurück in die Küche, Claus sagt:
– Ich bin's, Clara.
– Du?
Sie sieht Claus an, streckt ihm die Arme entgegen. Er kniet zu ihren Füßen nieder, umschlingt ihre Beine, legt den Kopf in ihren Schoß. Clara streichelt ihm das Haar. Claus nimmt Claras Hand, drückt sie an seine Wange, an seine Lippen. Eine ausgetrocknete, magere Hand voller Altersflecken.
Sie sagt:
– Du hast mich lange allein gelassen, zu lange, Thomas.
Tränen rinnen über ihr Gesicht. Claus wischt sie mit seinem Taschentuch ab:
– Ich bin nicht Thomas. Erinnern Sie sich gar nicht mehr an Lucas?
Clara schließt die Augen, schüttelt den Kopf:
– Du hast dich nicht verändert, Thomas. Du bist etwas älter geworden, aber du bist immer noch derselbe. Küß mich.
Sie lächelt, und enthüllt ihren zahnlosen Mund.
Claus weicht zurück, steht auf. Er geht zum Fenster, blickt auf die Straße. Der Hauptplatz ist im Regen düster und leer. Nur das Grand Hotel mit seinem erleuchteten Eingang hebt sich von der Finsternis ab.
Clara fängt wieder an zu schaukeln:
– Gehen Sie. Wer sind Sie? Was machen Sie hier in meinem Zimmer? Warum kommt Peter nicht? Ich muß doch essen und zu Bett. Es ist spät.

Claus verläßt Claras Zimmer und geht zu Peter in die Küche:
– Clara hat Hunger.
Peter bringt Clara ihr Tablett. Als er zurückkommt, sagt er:
– Sie interessiert sich sehr fürs Essen. Ich bringe ihr dreimal am Tag ein Tablett hinauf. Zum Glück schläft sie infolge ihrer Medikamente sehr viel.
– Sie ist eine schwere Belastung für Sie.
Peter serviert ein Ragout und Nudeln:
– Nein, nicht so sehr. Sie stört mich nicht. Sie behandelt mich, als wäre ich ihr Diener, aber das ist mir egal. Essen Sie, Claus.
– Ich habe keinen Hunger. Geht Sie nie aus?
– Clara? Nein. Sie hat keine Lust dazu und würde sich sowieso verlaufen. Sie liest viel und betrachtet gerne den Himmel.
– Und der Schlaflose? Er wohnte doch gegenüber, da, wo jetzt das Hotel steht.
Peter steht auf:
– Ja, richtig. Ich habe auch keinen Hunger. Kommen Sie, gehen wir raus.
Sie gehen die Straße entlang. Peter deutet auf ein Haus:
– Damals wohnte ich dort drüben. In der ersten Etage. Wenn Sie nicht zu müde sind, kann ich Ihnen auch das Haus zeigen, in dem Clara wohnte.
– Ich bin nicht müde.
Peter bleibt vor einem kleinen einstöckigen Haus in der Bahnhofstraße stehen:
– Es war hier. Dieses Haus wird bald abgerissen werden wie fast alle Häuser in dieser Straße. Sie sind zu alt und ungesund.
Claus fröstelt:
– Gehen wir zurück. Mir ist eiskalt.

Vor dem Eingang des Hotels trennen sie sich. Claus sagt:
– Ich bin mehrmals auf dem Friedhof gewesen, aber ich habe das Grab der Großmutter nicht wiedergefunden.
– Ich zeige es Ihnen morgen. Kommen Sie um achtzehn Uhr in die Buchhandlung. Dann ist es noch hell.

In einem verlassenen Teil des Friedhofs steckt Peter seinen Regenschirm in die Erde:
– Das Grab ist hier.
– Wie können Sie das so genau wissen? Hier ist nur Unkraut, kein Kreuz. Nichts. Sie können sich irren.
– Mich irren? Wenn Sie wüßten, wie oft ich hier war, um Ihren Bruder Lucas zu holen. Und auch danach, später, als er nicht mehr da war. Dieser Ort ist für mich das Ziel meines beinahe täglichen Spaziergangs.
Sie gehen wieder zurück in die Stadt. Peter versorgt Clara, und danach trinken sie Schnaps in dem Zimmer, das Lucas' Zimmer war. Der Regen tropft auf die Fensterbank, dringt ins Zimmer. Peter holt einen Scheuerlappen, um das Wasser aufzuwischen.
– Erzählen Sie mir von sich, Claus.
– Ich habe nichts zu sagen.
– Ist das Leben drüben leichter?
Claus zuckt mit den Achseln:
– Die Gesellschaft drüben basiert auf Geld. Für die Fragen des Lebens ist dort kein Platz. Ich habe dreißig Jahre in einer tödlichen Einsamkeit gelebt.
– Haben Sie nie eine Frau, ein Kind gehabt?
Claus lacht:
– Frauen, ja. Viele Frauen. Kinder, nein.
Nach kurzem Schweigen fragt er:
– Was haben Sie mit den Skeletten gemacht, Peter?

– Ich habe sie an ihren Platz zurückgebracht. Wollen Sie sie sehen?
– Wir dürfen Clara nicht stören.
– Wir gehen nicht durch ihr Zimmer. Es gibt eine zweite Tür. Wissen Sie das nicht mehr?
– Wie sollte ich das wissen?
– Sie hätten es bemerken können, beim Vorübergehen. Es ist die erste Tür links, vom Treppenabsatz aus.
– Nein, ich habe nichts bemerkt.
– Allerdings unterscheidet sich die Tür kaum von der Wandbespannung.
Sie gelangen in ein kleines Gemach, das ein schwerer Vorhang von Claras Zimmer trennt. Peter knipst eine Taschenlampe an und beleuchtet die Skelette.
Claus sagt ganz leise:
– Es sind drei.
Peter sagt:
– Sie können mit ganz normaler Lautstärke reden. Clara wacht nicht auf. Sie nimmt starke Beruhigungsmittel. Ich habe vergessen, Ihnen zu sagen, daß Lucas Mathias' Leiche zwei Jahre nach seiner Beerdigung wieder ausgegraben hat. Er hatte mir gesagt, daß es so einfacher für ihn sei, er war es leid, seine Nächte auf dem Friedhof zu verbringen, um dem Kind Gesellschaft zu leisten.
Peter beleuchtet einen Strohsack unter den Skeletten:
– Dort schlief er.
Claus berührt den Strohsack und die graue Militärdecke, die darüber liegt:
– Sie ist warm.
– Was denken Sie sich nur, Claus?
– Ich möchte hier schlafen, nur eine Nacht.
– Es ist Ihr Haus.

Protokoll ausgestellt von den Behörden der Stadt K. für die Botschaft von D.
Betrifft: Antrag auf Repatriierung Ihres Staatsangehörigen Claus T., derzeit inhaftiert im Gefängnis der Stadt K.

Claus T., fünfzig Jahre alt, im Besitz eines gültigen Passes, versehen mit einem 30-Tage-Visum für Touristen, ist am 2. April dieses Jahres in unserer Stadt angekommen. Er hat in dem einzigen Hotel unserer Stadt, dem Grand Hotel am Hauptplatz, ein Zimmer gemietet.
Claus T. hat drei Monate im Hotel gewohnt und sich wie ein Tourist verhalten, hat die Stadt durchwandert, historische Stätten besucht, seine Mahlzeiten im Hotel oder in einem der volkstümlichen Restaurants der Stadt eingenommen.

Claus T. ging oft in die Buchhandlung gegenüber vom Hotel, um dort Papier und Bleistifte zu kaufen. Da er der Landessprache mächtig war, unterhielt er sich gern mit der Buchhändlerin, Frau B., sowie mit anderen Personen in der Öffentlichkeit.

Nach drei Wochen hat Claus T. Frau B. gefragt, ob sie ihm zwei Zimmer über der Buchhandlung monatweise vermieten könnte. Da er ihr einen hohen Preis dafür anbot, hat Frau B. ihm ihre Zweizimmerwohnung abgetreten und ist zu ihrer Tochter gezogen, die nicht weit von dort wohnt.

Claus T. hat dreimal die Verlängerung seines Visums beantragt, was ihm auch ohne Schwierigkeiten genehmigt wurde. Hingegen wurde sein vierter Antrag auf Verlängerung im Monat August abgelehnt. Claus T. hat diese Ablehnung nicht weiter beachtet, und durch eine Nachlässigkeit unserer Angestellten wurde die Sache bis zum Monat Oktober nicht weiter verfolgt. Am 30. Oktober haben unsere Polizisten bei einer routinemäßigen Kontrolle festgestellt, daß die Papiere von Claus T. nicht mehr den Vorschriften entsprachen.

Zu diesem Zeitpunkt hatte Claus T. kein Geld mehr. Er schuldete Frau B. zwei Monate Miete, er aß fast nichts mehr, er zog von Kneipe zu Kneipe und spielte Mundharmonika. Die Betrunkenen spendierten ihm was zu trinken, Frau B. brachte ihm jeden Tag etwas Suppe.

Bei seinem Verhör behauptete Claus T., in unserm Land geboren zu sein, seine Kindheit bei seiner Großmutter in unserer Stadt verbracht zu haben, und hat erklärt, daß er hierbleiben wolle bis zur Rückkehr seines Bruders Lucas T. Der besagte Lucas steht in keinem Register der Stadt K. Claus T. ebenfalls nicht.

Wir bitten Sie, die beiliegende Rechnung zu begleichen

(Strafsumme, Untersuchungskosten, Miete für Frau B.) und Claus T. unter Ihrer Verantwortung zu repatriieren.

Gezeichnet, für die Behörden der Stadt K: I. S.

Postskriptum:

Wir haben selbstverständlich, aus Sicherheitsgründen, das Manuskript, das Claus T. in Besitz hatte, geprüft. Er behauptet, mit diesem Manuskript die Existenz seines Bruders Lucas beweisen zu können, der den größeren Teil davon geschrieben hätte, er selbst, Claus, habe nur die letzten Seiten, das Kapitel acht, hinzugefügt. Nun ist aber die Handschrift von Anfang bis Ende dieselbe, und die Seiten weisen keinerlei Anzeichen von Alterung auf. Der gesamte Text ist in einem Zug geschrieben worden, von derselben Person, in einem Zeitraum, der nicht mehr als sechs Monate zurückliegen kann, d. h. von Claus T. persönlich während seines Aufenthalts in unserer Stadt.

Was den Inhalt des Textes angeht, so kann es sich nur um freie Erfindung handeln, denn weder die beschriebenen Ereignisse noch die Personen, die darin vorkommen, haben in der Stadt K. gelebt, mit Ausnahme jedoch einer Person, der angeblichen Großmutter von Claus T., deren Spur wir wiedergefunden haben. Diese Frau besaß tatsächlich ein Haus an der Stelle des heutigen Sportplatzes. Da sie vor fünfunddreißig Jahren ohne Erben starb, wird sie in unseren Registern unter dem Namen Maria Z., verheiratete V. geführt.

Es ist möglich, daß man ihr während des Krieges die Aufsicht über ein oder mehrere Kinder anvertraut hatte.

Alvaro Pombo

Der Held der Mansarden von Mansard

Roman. Aus dem Spanischen von Elke Wehr.
240 Seiten. Leinen.

»Einer der inzwischen bekanntesten und erfolgreichsten Autoren unter den heute Fünfzigjährigen, die nicht mehr in der Aufarbeitung des traumatischen Bürgerkriegs und einer gespenstisch anachronistischen Diktatur verfangen sind, ist der 1939 in Santander geborene Alvaro Pombo. Mit ironischer Distanz dekouvriert er die hinterbliebene Großbourgeoisie als teilweise faszinierend exzentrischer Erzähler, dem es gelingt, Poesie und Reflexion auf ganz eigene Weise zu verbinden.«
Frankfurter Rundschau

»Pombo erhöht die Dinge ins Irreale, in einen poetischen Realismus, der im Leser selbst steckt. Nach der Lektüre braucht es einige Zeit, bis man wieder festen Boden unter sich fühlt.« ORF

Leichte Vergehen

Roman. Aus dem Spanischen von Elke Wehr.
208 Seiten. Geb.

Was in den Straßencafés eines sommerlichen Madrid als vielversprechende Liebesgeschichte beginnt, muß beinahe zwangsläufig tragisch enden: Für Ortega, den scheiternden Schriftsteller, und Quirós, den schönen jungen Gigolo, erweisen sich alle Formen der Annäherung letztlich als leere Rituale. Ein psychologisch spannendes, poetisches Stück Literatur.

PIPER